DESEO

BARBARA DUNLOP

Amor sin engaños

Editado por Harlequin Ibérica.
Una división de HarperCollins Ibérica, S.A.
Núñez de Balboa, 56
28001 Madrid

© 2018 Barbara Dunlop
© 2019 Harlequin Ibérica, una división de HarperCollins Ibérica, S.A.
Amor sin engaños, n.º 2126 - 5.7.19
Título original: The Illegitimate Billionaire
Publicada originalmente por Harlequin Enterprises, Ltd.

I.S.B.N.: 978-84-1328-192-6
Depósito legal: M-16867-2019
Impresión en CPI (Barcelona)
Fecha impresion para Argentina: 1.1.20
Distribuidor exclusivo para España: LOGISTA
Distribuidor para México: Distibuidora Intermex, S.A. de C.V.
Distribuidores para Argentina: Interior, DGP, S.A. Alvarado 2118.
Cap. Fed./Buenos Aires y Gran Buenos Aires, VACCARO HNOS.

Capítulo Uno

En un despacho en las profundidades de los pasillos del Castillo Clarkson, Deacon Holt mantenía una expresión neutral. No le daría a Tyrell Clarkson la satisfacción de ver rabia, envidia o cualquier otra emoción en su rostro.

—¿Una copa? —le preguntó Tyrell desde el mueble bar de nogal. En la mano sostenía un decantador de cristal tallado que, según Deacon imaginaba, contendría un whisky de décadas de antigüedad.

Tyrell era famoso en Hale Harbor, Virginia, por permitirse siempre lo mejor.

—No —respondió Deacon. No sabía por qué lo habían convocado ese día cuando llevaban toda la vida rechazándolo, pero estaba seguro de que no se trataba de un acto social.

Tyrell sirvió dos vasos de todos modos.

—Por si cambias de opinión —dijo señalando los sillones de piel marrón que flanqueaban la mesa.

Deacon prefería seguir de pie. Quería estar alerta por lo que pudiese surgir.

—Siéntate —insistió Tyrell al sentarse en el sillón.

Aunque rondaba los sesenta, se mantenía en muy buena forma. Era un hombre guapo, rico, inteligente y poderoso. Y también detestable.

—¿Qué quieres? —preguntó Deacon.

—Charlar.

–¿Por qué?

Tyrell levantó el vaso y lo giró bajo la luz de las lámparas de techo.

–Glen Klavitt, 1965.

–¿Debería sentirme impresionado?

–Deberías sentir curiosidad. ¿Cuándo fue la última vez que probaste un whisky de cincuenta años?

–Lo he olvidado –Deacon no mordería el anzuelo por mucho que los dos supieran que su situación económica no le permitía gastarse lo que fuera que costara un Glen Klavitt de 1965. Por otro lado, aunque pudiese, tampoco sería tan estúpido de malgastar su dinero en eso.

–Siéntate, chico.

–No soy tu perro.

–Pero eres mi hijo –las palabras de Tyrell, aunque pronunciadas con suavidad, sonaron como cañonazos dentro de la cavernosa habitación.

Deacon se quedó quieto, medio esperándose que ocho generaciones de los Clarkson se levantaran de sus tumbas y aporrearan los escudos que colgaban de los muros de piedra. Intentó deducir la expresión de Tyrell, pero era inescrutable.

–¿Necesitas un riñón? –preguntó diciendo lo primero que se le vino a la cabeza.

–Gozo de una salud perfecta.

Deacon no quería saber nada de la familia Clarkson. Quería dar media vuelta y marcharse. Fuera lo que fuera lo que estaba pasando allí, no quería formar parte.

Tyrell tenía dos hijos legítimos vivos y sanos, Aaron y Beau. No necesitaba recurrir a él para nada... al menos, para nada que fuese honrado.

–¿Te puedes relajar? –preguntó Tyrell señalando con su vaso el sillón vacío.

–No.

–Testarudo…

–De tal palo tal astilla.

Tyrell se rio a carcajadas.

–No sé por qué pensé que sería fácil. ¿Ni siquiera sientes un poco de curiosidad?

–Dejaste de importarme hace mucho tiempo.

–Y aun así, aquí estás.

Sí. A pesar de su rabia, a pesar de su odio, a pesar de los veintinueve años de resentimiento, había acudido la primera vez que Tyrell lo había llamado. Se dijo que estaba allí para enfrentarse al hombre que había dejado embarazada a su madre y la había abandonado después, pero lo cierto era que también había sentido curiosidad. Y seguía sintiéndola.

Se sentó.

–Así mejor –dijo Tyrell.

–¿Qué quieres?

–¿Es que tengo que querer algo?

–Quieres algo.

–No eres estúpido. Eso te lo tengo que reconocer.

–¿Por qué estoy aquí? –insistió Deacon.

–Doy por hecho que sabes lo de Frederick.

–Sí.

Frederick, el hijo pequeño de Tyrell y hermanastro de Deacon, había muerto de neumonía seis meses antes. Se rumoreaba que sus pulmones habían quedado gravemente dañados tras sufrir de pequeño una caída de un caballo que, además, le había roto la columna vertebral y lo había confinado a una silla de ruedas.

–¿Sabías que vivía en Charleston?

Deacon y Frederick no habían llegado a conocerse. Solo sabía que se había marchado de casa al terminar

5

la universidad y que no había vuelto jamás. Todo Hale Harbor se había enterado de que Frederick había tenido una pelea con su padre y había salido de la vida de los Clarkson.

—Frederick tiene dos hijos.

A Deacon le sorprendió la noticia. No era experto en lesiones de médula espinal, pero no se habría imaginado que Frederick hubiera podido engendrar hijos. Suponía que, en todo caso, los habría adoptado.

—El mayor tiene cuatro años y el otro, dieciocho meses.

—¿Debería darte la enhorabuena?

—Son mis únicos nietos y no los he visto nunca.

—No sé adónde quieres llegar con todo esto.

La familia Clarkson al completo hacía todo lo posible por fingir que Deacon no existía. Aaron y Beau sabían perfectamente quién era; sin embargo, nunca había estado seguro de que lo supiera Margo, la esposa de Tyrell. Era posible que Tyrell hubiera logrado ocultarle el secreto todos esos años, pero entonces ¿por qué lo habían convocado en el castillo?

Tyrell dio un buen trago de whisky y Deacon decidió probarlo. ¡Podría ser la única cosa que su padre le diera en toda su vida!

—Quiero ver a mis nietos —dijo Tyrell.

—Pues hazlo.

—No puedo.

—¿Qué te lo impide?

—La viuda de Frederick.

Deacon sonrió. Al parecer, la justicia divina le había hecho una visita a Tyrell. Dio otro trago de whisky mientras por dentro brindaba por la viuda.

—¿Te parece divertido?

6

—¿Que alguien le esté impidiendo al poderoso Tyrell Clarkson conseguir lo que quiere? Sí, me parece divertido.

—Bueno, pues entonces vamos al meollo de la cuestión. A ver si esto también te parece divertido. Te cambio lo que quiero por lo que quieres.

—Tú no tienes ni la más mínima idea de lo que quiero.

—No estés tan seguro de eso.

—Estoy completamente seguro –nunca había tenido una conversación con su padre, nunca se había molestado en compartir con él sus esperanzas y sus sueños.

—Te reconoceré como hijo mío.

Deacon tuvo que contenerse para no soltar una carcajada al oír la oferta.

—Podría haber demostrado nuestra relación mediante una prueba de ADN hace años.

—Lo que quiero decir es que te haré heredero.

—¿Me vas a incluir en tu testamento?

Deacon no se dejaría engañar por una promesa así; una promesa que se podría modificar con un bolígrafo.

—No. No me refiero a cuando muera, sino a ahora. Te estoy ofreciendo el veinticinco por ciento de Hale Harbor Port. A partes iguales con Aaron, con Beau y conmigo.

Hale Harbor Port era una empresa multimillonaria que los Clarkson tenían en propiedad desde el siglo XVIII. Deacon intentaba asimilar la oferta, pero no podía.

Durante toda su infancia había soñado con formar parte de la familia Clarkson. Había fantaseado con que Tyrell amaba a su madre y quería que él formara parte de su vida, con que algún día abandonara a Margo y los llevara a su madre y a él al castillo.

Pero entonces, cuando tenía diecinueve años, su madre había muerto y Tyrell ni siquiera se había molestado en darle el pésame. Deacon había aceptado la realidad de que no significaba nada para ese hombre y había dejado de soñar.

Y ahora esa oferta surgía así, de pronto. No podía tratarse de nada legal si le estaba ofreciendo el veinticinco por ciento de mil millones de dólares.

—¿Quieres que los secuestre? —preguntó Deacon.

—Eso sería demasiado sencillo… y temporal, porque seguro que nos atraparían.

—¿Pero no te opondrías moralmente a algo así, verdad?

—Reconoce, al menos, que tengo demasiada sutileza para hacer algo así.

—Yo a ti no te reconozco nada.

—Pero sigues aquí escuchando.

—Tengo curiosidad, pero no me veo tentado.

Tyrell esbozó una sonrisa engreída y se terminó la copa.

—Ya estás tentado.

Deacon se levantó. No seguiría aguantando ese jueguecito mucho más.

—Quiero que enamores a la viuda de Frederick, te cases con ella y me traigas a mis nietos a casa.

—¿Por qué? —le preguntó, no muy seguro de haber oído bien, aunque tampoco debería haberle extrañado la propuesta, ya que Tyrell era conocido por ser todo un maestro de la conspiración—. Además, ¿por qué iba a casarse conmigo? ¿Y tú que ganas con esto? Ofrécele dinero directamente para que venga aquí.

—No puedo ofrecerle dinero para que venga aquí. Ni siquiera me puedo arriesgar a contactar con ella. Estoy seguro de que Frederick la envenenó en contra de la familia.

—Tienes mucho dinero para ofrecerle.

Por muy mal que Frederick le hubiese hablado de su familia, seguro que esa mujer, como la mayoría de los mortales, se sentiría atraída por semejante riqueza.

—Frederick salió de la empresa, pero no perdió su fondo fiduciario. Ella no necesita dinero.

De nuevo, Deacon sonrió.

—Así que hay algo que no puedes comprar. Debe de ser frustrante.

—A ti no te conoce —dijo Tyrell.

—¿Conoce a Aaron y a Beau? —Deacon seguía sin comprender de qué iba el juego. Para Tyrell debía de resultar humillante tener que recurrir a él.

—Aaron ya está casado y Beau… No soy ningún ingenuo en lo que concierne a mis hijos, Deacon. Nadie consideraría a Beau ni buen marido ni buen padre.

Deacon estaba de acuerdo en eso. Beau siempre había sido el salvaje, el de las fiestas todos los fines de semana y una novia distinta cada mes. Sus hazañas habían protagonizado las columnas de cotilleos decenas de veces.

—Tú, por el contrario —continuó Tyrell mientras lo señalaba de arriba abajo con el vaso— tienes cierta sofisticación, he de reconocerlo. Gustas a las mujeres. Gustas a las buenas mujeres.

A Deacon le asombró que Tyrell se hubiese fijado en él lo más mínimo.

—No se te relaciona públicamente con la familia. Puedes pasar desapercibido, enamorarla y casarte con ella.

—No —por mucho que ser dueño de Hale Harbor Port

fuera el sueño de toda su vida, no iba a utilizar a la viuda de Frederick como un instrumento para alcanzarlo.

Tyrell se levantó.

–¿Tienes alguna objeción moral?

–Sí. Y tú también deberías tenerla –lo miraba a los ojos buscando un ápice de alma.

–Ve a conocerla.

Deacon empezó a negarse otra vez, pero Tyrell habló por encima de él.

–Tan solo ve a conocerla antes de tomar una decisión. Si no quieres hacerlo, no lo hagas, pero no renuncies a cientos de millones de dólares sin analizar la situación.

–Tú eres el manipulador, no yo.

–Eres mi hijo –repitió Tyrell.

Por mucho que cargara con el ADN de Tyrell, no se parecía en nada a él; tenía una brújula moral que había heredado de su madre. Sin embargo, de pronto se vio vacilando y en ese segundo tuvo claro que había heredado algunos rasgos de su padre, porque estaba sopesando qué tendría de malo conocer a la viuda de Frederick. ¿Habría algo de malo en conocerla antes de rechazar la oferta de Tyrell?

Era en días así cuando Callie Clarkson más echaba de menos a su marido. A Frederick le había encantado la primavera, el aroma de las rosas colándose por las ventanas de la pastelería y entremezclándose con el de la canela y las fresas de la cocina. Hoy brillaba el sol en un cielo azul claro y los turistas no dejaban de entrar en Downright Sweet para tomar una magdalena o un bollo caliente de frutos rojos.

Su pastelería, Downright Sweet, ocupaba las dos plantas de una casa de ladrillo rojo en el barrio histórico de Charleston. En la planta baja estaban la cocina, que habían reformado cuando habían comprado el inmueble cinco años atrás, y también el mostrador y algunas mesas que tenían tanto dentro como fuera, en el porche. La segunda planta era un comedor con una terraza con vistas a la arbolada calle.

El turno del almuerzo ya estaba terminando y Hannah Radcliff, la encargada, soltó un sonoro suspiro de alivio.

—Los pies me están matando.

Tenía cuarenta y pocos años y unas curvas redondeadas fruto de una reconocida debilidad por la crema de mantequilla. Su voz era suave, sus ojos de color moca, y siempre tenía una sonrisa en su precioso rostro. James y Ethan, los hijos de Callie, la querían a rabiar.

—Ve a tomarte un descanso —le dijo Callie—. Nancy y yo nos podemos apañar bien.

—Sí —añadió Nancy, que estaba limpiando la cafetera—. Yo me encargo de las mesas.

—Acepto la oferta —respondió Hannah—. No, esperad.

Callie siguió la mirada de Hannah y por la ventana frontal vio al alcalde Watkins dirigiéndose hacia la entrada de Downright Sweet. Nancy se rio.

Hank Watkins, hijo de una de las familias más importantes de Charleston y cuyo linaje se remontaba al Mayflower, era soltero, algo más joven que Hannah y con la misma facilidad para sonreír. Era bastante atractivo y distinguido, lo cual resultaba beneficioso para un político.

La clásica campanilla dorada tintineó cuando la puerta se abrió.

Callie se apartó de la caja registradora y se entretuvo colocando el mostrador de *cupcakes* para dejarle campo libre a Hannah.

–Hola, señor alcalde –dijo Hannah.

–Ya sabes que puedes llamarme Hank –respondió el alcalde.

–¿Qué te sirvo, Hank?

–¿Qué me recomiendas?

–La tartaleta de nueces nunca falla.

–Hecho.

–¿Con nata? –preguntó Hannah.

–Por supuesto –el alcalde se sacó la cartera del bolsillo–. ¿Callie? –añadió dirigiéndose a ella.

–La nata siempre es un buen añadido –respondió Callie sin dejar de mirar los *cupcakes* para no entrometerse.

–Me gustaría hablar contigo.

–¿Va todo bien? –preguntó de pronto nerviosa.

Tras la inesperada muerte de su marido seis meses atrás, el optimismo de Callie se había visto afectado. Era consciente de que los años que había pasado con Frederick le habían hecho confiarse y olvidar que la vida básicamente repartía dolor y decepción, pero de ahora en adelante tenía intención de estar preparada para ello.

–Nada demasiado preocupante –le dio a Hannah un billete de diez dólares y volvió a sonreír mientras le decía–: Quedaos con el cambio.

–Gracias, Hank –dijo Hannah.

–¿Vienes un momento? –le preguntó a Callie.

–Claro.

Vestía camisa blanca y pantalones caqui y llevaba el pelo recogido en un moño informal y unos pequeños pendientes de diamantes que Frederick le había regalado el año anterior por su cumpleaños. Se los ponía todos los días junto con el anillo de compromiso y la alianza de boda.

Temía que Hank estuviera allí con malas noticias sobre su permiso para la terraza.

Él se había ofrecido a hablar personalmente con la junta para que le concedieran el permiso rápidamente y ella había rechazado la oferta, pero ahora se preguntaba si habría cometido un error. Frederick siempre le había aconsejado que tuviera de su lado a los políticos locales. «Tal vez no los quieras, tal vez no te gusten, pero no cuesta nada ser agradable y nunca sabes en qué dirección soplará el viento».

Si Downright Sweet no obtenía el permiso para reformar la terraza, no podrían cambiar las vigas de soporte y eso significaría que tendrían que cerrarla hasta que tuvieran un nuevo plano. Era mayo, el comienzo de la temporada turística, y contaba con tener capacidad plena para finales de junio.

Ocuparon una mesa vacía que había junto a la ventana.

–¿Es sobre el permiso?

–Eso me temo.

–Lo han denegado –dijo Callie abatida.

–Aún no, pero Lawrence Dennison está dudoso.

–¿Por qué?

La pastelería, al igual que todos los edificios del barrio histórico, estaba sujeta a estrictas condiciones de reforma. Había ordenanzas para conservar la estética de la zona que se habían tenido en cuenta en los planos de Downright Sweet. La terraza sería más grande, pero mantendría la arquitectura existente.

—Lawrence es Lawrence —dijo Hank encogiéndose de hombros.

—No me puedo creer que siga saliendo elegido.

—Su proyecto personal es el Comité de Embelleci-miento de la Ciudad —dijo Hank con una mirada elo-cuente.

—¿Y?

—Y si alguien estuviera dispuesto a… digamos… unirse a ese comité y mostrara un interés particular en el embellecimiento de la ciudad, tal vez Lawrence sería amable con esa persona.

A Callie no le agradó la propuesta.

—Quieres que soborne a Lawrence para que me con-ceda el permiso.

—Unirse a un comité no es un soborno —dijo Hank con una simpática sonrisa y cubriéndole la mano con la suya.

Fue un gesto inesperadamente cercano. El primer instinto de Callie fue apartarse, pero entonces recordó las palabras de Frederick: «No cuesta nada ser agrada-ble».

—¿Tienes algo en contra del embellecimiento de la ciudad? —preguntó Hank.

—Por supuesto que no, pero estoy muy ocupada en-tre los niños, la pastelería y la casa.

Cuando se habían mudado a Charleston, Frederick y ella habían comprado una espaciosa casa. Era preciosa, pero los gastos de mantenimiento eran abrumadores.

La puerta de la pastelería se volvió a abrir y una figura alta llamó su atención. El hombre miró a su al-rededor como si se estuviera fijando minuciosamente en todo. Por alguna razón, le resultaba ligeramente familiar, aunque estaba segura de no haberlo visto en

14

su vida. Debía de medir algo más de metro ochenta y cinco, tenía el pelo oscuro, los ojos azules y un marcado mentón. Cuando dio un paso al frente, su porte transmitió seguridad.

—No te supondría mucho trabajo —las palabras de Hank la devolvieron a la conversación—. Soy el presidente del comité y te prometo que no te asignaré ninguna tarea pesada. Nos reunimos una vez a la semana. Somos seis miembros, aunque dependiendo del asunto en cuestión hay cierto interés público y también suelen asistir algunos vecinos.

Una vez a la semana no le parecía demasiado, pero supondría perderse la hora del cuento, buscar una niñera y tener que hacer el doble de tareas domésticas otra noche.

—No es un soborno —repitió Hank apretándole la mano con suavidad—. Demostrará tu compromiso con la comunidad. Únete al comité y harás feliz a Lawrence, mejorarás tu ciudad y conseguirás el permiso para tu terraza.

Dicho así, exceptuando el problema de tener que buscar niñera, no parecía que el plan tuviera nada de malo. Sí, se sentía algo oportunista, aunque tampoco le parecía que no fuese ético.

Hank se acercó más y bajó la voz.

—Ahora que no está Frederick, imagino que querrás que Downright Sweet tenga el mayor éxito posible.

—Sí.

Callie había crecido en un ambiente de pobreza y Frederick la había alejado de todo eso. Había sido un hombre maravillosamente dulce, vital y lleno de vida, a quien la silla de ruedas nunca había refrenado. Gracias a que había tenido suficientes ahorros para comprar la casa y la pastelería, el negocio no acumulaba ninguna deuda, pero aun así era todo un desafío mantenerlo.

Una sombra cruzó la mesa y una voz masculina y profunda interrumpió la conversación.

–Hola, disculpa.

Callie levantó la mirada, sorprendida de ver al alto desconocido. Miró sus ojos azules y sintió una extraña presión bajo el pecho.

–¿Eres Callie Clarkson, la dueña de la pastelería?

–Sí –respondió sacando la mano de debajo de la Hank.

El hombre alargó la mano y ella se la estrechó. Era una mano robusta y ligeramente áspera pero también delicada, y no demasiado cálida ni demasiado fría, sino con una temperatura idéntica a la de ella.

–Deacon Holt.

Hank retiró la silla, se levantó y lució su practicada sonrisa política.

–Soy el alcalde Watkins. ¿Eres nuevo en Charleston?

–Soy un turista –respondió Deacon Holt sin dejar de mirar a Callie.

Ella sabía que debía apartar la mirada, pero había algo en las profundidades de esos ojos que le resultaba extrañamente reconfortante.

–Bueno, pues bienvenido –dijo Hank con tono alegre–. Espero que hayas pasado por la Oficina de Turismo de Meeting Street.

–Aún no.

–Te mostrarán todo lo que necesites: hoteles, sitios donde comer, tiendas y, por supuesto, los lugares de interés turístico.

–Ya he encontrado un sitio donde comer.

Una sonrisa rozó los labios de Callie.

–Bueno, entonces espero que disfrutes de tu estancia.

Deacon, que pareció no inmutarse por el tono ligeramente despectivo de Hank, miró a Callie.

–¿Qué me recomiendas?

–Todo está bueno.

Él sonrió y la sensación de familiaridad aumentó.

Hank carraspeó y Callie tuvo claro que quería continuar con la conversación para oír su decisión sobre el comité, pero la respuesta podía esperar un par de minutos por Deacon Holt. Quería hacer que se sintiera muy bien recibido, por si le hacía publicidad gratuita.

–La masa madre está fabulosa, así que también lo está cualquier sándwich que esté hecho con ella. Si te gusta el dulce, yo probaría un *cupcake*. El glaseado de crema de mantequilla está de muerte.

–Pues entonces probaré el glaseado, gracias.

–¿Callie? –insistió Hank.

–Mi respuesta es sí.

–Cuánto me alegro –dijo Hank sonriendo y agarrándole la mano.

–¿Cuándo es la próxima reunión?

–El jueves. A las seis y media.

–Allí estaré.

Deacon se había quedado sorprendido al ver a Callie manteniendo una conversación privada con el alcalde Hank Watkins. Solo llevaba allí un par de días, pero ya lo sabía todo sobre los Watkins. Eran los Clarkson de Charleston: el poder, el prestigio y el dinero del lugar.

También le había sorprendido, y mucho, que Callie fuese una persona tan refinada e increíblemente bella.

No se había imaginado así a la mujer de Frederick, que, por lo que sabía, no había tenido mucho éxito con el sexo opuesto.

Aunque Aaron, Beau y Frederick habían estudiado en la Academia Greenland y él en un instituto de Formación Profesional, por eventos deportivos y distintos círculos sociales había conocido lo básico de cada uno de ellos.

Beau y él tenían la misma edad. Aaron era un año mayor, y Frederick dos años más pequeño. Aaron era rubio, Beau, moreno, y Frederick, pelirrojo, con pecas y más delgado y bajo que sus hermanos.

Jamás se podría haber imaginado a una mujer como Callie enamorándose de un hombre como Frederick y suponía que habría sido por el dinero. Por alguna extraña razón, no quería pensar mal de ella, pero sería un idiota si no contemplaba esa posibilidad.

Después de conocerla el día anterior, había dejado pasar la noche y parte de la mañana y ahora estaba almorzando en Downright Sweet por segunda vez. Buscaba más información, en concreto sobre su relación con el alcalde Hank Watkins.

Existía la posibilidad de que la fascinante personalidad de Callie fuera una pose bajo la que se ocultaba una mujer astuta que sabía exactamente lo que quería.

Ahora estaba tras el mostrador atendiendo a unos clientes y resultaba encantadora. Llevaba su melena rubia oscura recogida en una desenfadada cola de caballo. Unas espesas pestañas enmarcaban sus ojos verdes azulados y tenía las mejillas sonrojadas por el calor y el ajetreo del trabajo. Su aparente ética laboral no parecía propia de una cazafortunas; por otro lado, la mayoría de la gente tenía personalidades con rasgos contradictorios y, además, apenas la conocía todavía.

Callie había tenido razón en lo del pan de masa madre. Estaba más que delicioso. El día anterior lo había tomado con jamón de la Selva Negra y hoy estaba probando el de pavo y tomate. Aún no había decidido el postre. Había demasiadas opciones.

Recorrió con la mirada las tartaletas, los *cupcakes*, los pastelitos y las galletas. Le tentaban las de chocolate blanco con mantequilla de cacahuete, aunque tampoco le importaría nada probar las tartaletas de crema de fresas. A lo mejor se tomaba dos postres.

Estaba a punto de darle un mordisco a la segunda mitad del sándwich cuando la puerta de la cafetería se abrió y dos niños entraron corriendo seguidos de una jovial adolescente.

Soltó el sándwich y los miró asombrado. No había duda de que eran los hijos de Callie. El de cuatro años era una versión en miniatura de Aaron y el de año y medio era igual que Beau.

–¡Mamá, mamá! –gritó el más pequeño mientras corría entre el laberinto de mesas y su hermano lo seguía a un paso más pausado.

–Hola, cariño mío –le dijo Callie sonriendo–. ¿Os habéis divertido en el parque acuático?

–¡*Abua!* –exclamó el Beau compacto.

–¡Yo me he tirado por el tobogán grande! –añadió el pequeño Aaron.

–Ethan ha mojado a todo lo que se movía –dijo la adolescente despeinando con cariño el pelo del pequeño Beau–. Tiene buena puntería.

–Me alegro de que os hayáis divertido.

–¿Podemos tomarnos unas galletas? –preguntó James–. Yo la quiero de mantequilla de cacahuete.

–¡*De cododes!* –canturreó Ethan.

–¿Y tú, Pam?

–Yo no quiero nada, gracias.

–Acabamos de sacar unas galletas de avena y chocolate del horno.

–Entonces ya me has convencido –respondió Pam riéndose. Llevó a los niños a una mesa.

Deacon se levantó y fue hasta el mostrador.

–¿Son tus hijos? –le preguntó a Callie.

–Sí –respondió ella claramente sorprendida.

–Parecen geniales.

–Gracias.

–¿He oído que tenéis galletas de avena y chocolate calientes?

–Recién salidas del horno –le informó Callie con una sonrisa profesional.

–Tomaré una.

–Marchando.

Él sacó la tarjeta de crédito.

–Ayer me aconsejaste bien. Me sugeriste el pan de masa madre y tenías razón, así que hoy he vuelto a por más.

–Me alegro. Eso es lo que nos gusta oír.

El datáfono pitó, aceptando el pago mientras otra empleada le dejaba el plato con la galleta sobre el mostrador.

Deacon sabía que se le acababa el tiempo. Debía actuar ya.

–Me estaba preguntando si…

Callie enarcó sus preciosas cejas.

–¿Te apetecería tomar un café conmigo?

Sin duda, la pregunta la desconcertó. Se tocó el anillo de boda y miró a sus hijos.

–No me refiero a ahora mismo –aclaró él–. ¿Tal vez luego?

Ella frunció el ceño.

—O mañana —se apresuró a decir al notar su inminente negativa.

—Eres muy amable.

—Ahí oigo un «pero».

¿Estaría saliendo con el alcalde? Si estaba saliendo con él, con toda certeza rechazaría el café.

—El «pero» se debe a que estoy muy muy ocupada.

—Lo entiendo. Tal vez en otra ocasión.

Probablemente lo de estar ocupada no era más que una excusa y el motivo real tenía que ver con el alcalde Watkins, pero ya que presionándola no conseguiría nada, decidió esperar y probar en otro momento. De todos modos, todavía no había tomado la decisión de conquistarla; solo estaba tanteando la situación.

—¿Vas a pasar mucho tiempo en Charleston?

—Aún no lo he decidido —y con una íntima sonrisa añadió—: Depende de cuánto me guste.

Ella se sonrojó y Deacon se marchó.

Preguntaría por la ciudad. Tal vez tenía suerte y alguien le podía decir si Hank Watkins mantenía una relación con Callie.

Capítulo Dos

Callie, en la pequeña oficina de la trastienda de la pastelería, sostenía la foto enmarcada de Frederick y los niños, la última que se habían hecho los tres juntos. La habían tomado durante el viaje que habían hecho en septiembre por la costa. A Frederick le había encantado pasar las vacaciones recorriendo lugares en coche, tal vez porque estar sentado en un coche le había hecho olvidar su discapacidad y sentirse como los demás.

Después de ese viaje, en noviembre, se había resfriado. Había insistido en que no era nada preocupante ya que tanto James como Ethan, que habían estado resfriados justo antes que él, habían tenido fiebre con el virus, habían tosido durante unos días y después se habían recuperado. Pero de pronto la fiebre se le había disparado de un modo alarmante. Callie lo había llevado corriendo al hospital, donde había perdido la consciencia y le habían diagnosticado una neumonía. Empezaron a administrarle antibióticos inmediatamente, pero sus pulmones, gravemente dañados y debilitados tras la caída que había sufrido de pequeño, no resistieron.

No llegó a despertar y ella tuvo que darle su último adiós al cabo de unas horas.

Seguía mirando la foto: Ethan sonreía sobre el regazo de Frederick y James estaba de pie con la cabeza apoyada en el hombro de su padre.

−¿Callie? −Hannah asomó la cabeza por la puerta.

–¿Hay mucho trabajo ahí fuera? –preguntó Callie dejando la foto en su sitio.

–Cada vez hay más cola –respondió Hannah–. La tarta de queso y frutos rojos de primavera sigue funcionando de maravilla.

A Callie le alegró la noticia. Habían creado la receta y habían presentado la nueva incorporación hacía solo un mes. Resultaba gratificante oír que era un éxito.

–Ya voy.

La cola llegaba hasta la mitad de la zona del comedor. Unas mesas acababan de quedarse vacías y corrió a limpiarlas para prepararlas para más clientes. Mientras recogía la última, se sorprendió al ver a Deacon Holt sentado en uno de los bancos de las ventanas. Hacía una semana que no pasaba por allí y ella había dado por hecho que habría terminado sus vacaciones y se habría marchado.

Y ya que no había contado con volver a verlo, se había permitido fantasear con él las últimas noches. Las fantasías habían ido desde paseos por el parque de la mano hasta besos bajo las estrellas y… más, mucho más. Notó cómo se le encendió la cara al recordarlo y, aunque sabía que él no podía leerle la mente, de pronto mirarlo le resultó una experiencia extrañamente íntima.

–Hola, Callie –le dijo Deacon al verla.

–Hola, Deacon.

Él esbozó una amplia sonrisa.

–Pensé que ya te habrías marchado.

–Aquí sigo.

–¿Y has vuelto a por más masa madre?

–No he podido evitarlo –le respondió con tono de flirteo–. Esperaba que reconsideraras mi invitación.

Callie sabía que debía contenerse porque no sería apropiado salir con alguien estando tan reciente la

23

muerte de su marido, aunque en realidad no podía decirse que Frederick hubiese sido el amor de su vida. Habían sido grandes amigos, compañeros y padres. Él la había rescatado de la pobreza y ella le había dado la familia que tanto había deseado.

–Ojalá pudiera.

–¿Algo te lo impide? –el tono de Deacon fue delicado, de preocupación incluso.

–Una vida muy ocupada –Callie no estaba dispuesta a entrar en detalles.

–¿Alguien?

–¿Qué? –preguntó sorprendida.

–¿Estás saliendo con alguien?

–Yo nunca salgo con nadie –miró atrás hacia la cola de clientes y se sintió culpable por estar ahí charlando mientras Hannah y los demás estaban tan ocupados. ¿Por qué seguía hablando con él? ¿Por qué se estaba haciendo ilusiones con algo que no podría ser?

–Todo el mundo sale con alguien, todo el mundo se fija en alguien. Yo, por ejemplo, me estoy fijando en ti… y mucho –dijo él con un delicado brillo de diversión en sus ojos azules.

–No lo hagas.

–No es algo que pueda controlar, pero, para que quede claro, lo único que propongo es un café y un poco de conversación.

–Tengo que volver al trabajo.

–De acuerdo.

–No puedo salir contigo. No tengo tiempo –la excusa era absolutamente cierta.

–De acuerdo –repitió él con tono tranquilo.

Callie no lamentaba haber dicho que no. No se permitiría lamentarlo.

Se despidió y se metió detrás del mostrador.

—¿Qué ha pasado ahí? —le preguntó Hannah en voz baja mientras cobraba a un cliente.

—Nada —Callie deseó no tener tanto calor. Por otro lado, estaba en un horno de pastelería y era mayo. ¡Sería extraño que no sintiese tanto calor!

Preparó una porción de la tarta de queso y frutos rojos de primavera añadiéndole un chorrito de salsa de chocolate y una generosa cantidad de nata. La dejó en el mostrador y se dispuso a preparar otro plato idéntico.

—¿Qué te ha dicho? —insistió Hannah.

—Nada.

—Pues vaya «nada» más largo.

—Me ha invitado a tomar un café —admitió finalmente.

—¡Genial!

—He dicho que no.

Un nuevo cliente se acercó.

—Dos tartaletas de nueces y una docena de galletas de mantequilla de cacahuete. ¿Me podéis poner las galletas para llevar?

—¡Galletas para llevar! —gritó Hannah.

Callie emplató las tartaletas y, así, siguieron atendiendo a todos los clientes hasta que desapareció la cola. Después, al entrar en la cocina, donde los pasteleros estaban trabajando las masas, Hannah retomó la conversación.

—¿Y por qué has dicho que no?

—No voy a salir con un turista. No voy a salir con nadie. No tengo tiempo y solo han pasado seis meses.

—En realidad han sido mucho más de seis meses.

—Eso no lo sabe nadie —Callie y Frederick nunca habían contado que su matrimonio no era habitual.

—¿Qué tiene de malo un poco de flirteo, unos cuantos besos y un poco de… lo que sea que se pueda hacer con un guapo desconocido?

—No pienso responder a eso.

—Porque la respuesta que te gustaría dar es opuesta a la respuesta que quieres dar. Tus hormonas quieren una cosa, pero tu cerebro lucha contra ello.

—Tengo dos hijos, una pastelería y un Comité de Embellecimiento de la Ciudad en los que pensar.

—Callie, eres una mujer joven, sana y vital que nunca…

—«Eso» no tiene nada que ver.

Hannah sabía que Frederick no había podido mantener relaciones íntimas y que James y Ethan habían sido concebidos mediante fecundación *in vitro*.

—Algún día vas a tener que dar el paso.

—El sexo no es la única forma de intimidad.

—Ya lo sé, y no estoy intentando presionarte. Solo digo que… bueno… no rechaces tan rápidamente a un tipo así. Piénsalo un poco.

Callie ya lo había pensado. Y seguía pensándolo. Ese era su gran problema: que no podía dejar de pensar en ello.

Deacon reconoció el fracaso de su estrategia. Callie no saldría con él. Probablemente el motivo fuese el alcalde, pero podía ser algo más. Fuera como fuese, si quería acercarse a ella y descubrirlo, tenía que cambiar de táctica.

Pasó otra semana más en la ciudad investigando a Callie y a Hank Watkins. La mayoría de la gente consideraba al alcalde un buen partido y había quien especulaba con que los dos podrían estar juntos.

Cuando Deacon supo que Callie pertenecía al Comité de Embellecimiento de la Ciudad, aprovechó la oportunidad. Acudió a la reunión, se sentó al fondo y observó cómo interactuaba con Hank: el alcalde le susurró algo al oído y ella le respondió con una sonrisa. Él le tocó el brazo y ella no se apartó. Él le sirvió un vaso de agua y le ofreció un boli. Ella agarró el boli y se bebió el agua.

Verla acercándose tanto al rico y poderoso Hank Watkins reavivó sus sospechas de que se había casado con Frederick por su dinero y le confirmó que tenía competencia.

Tenía que atraerla, pero era consciente de que ni tenía el apellido y el poder de Watkins ni podía decirle a Callie que era un Clarkson. Sin embargo, había alcanzado un aceptable éxito en la vida y fácilmente podría hacerse pasar por alguien más rico y más poderoso de lo que era en realidad.

Esta vez seguiría un enfoque más sutil y esperaría a que ella se le acercara. Y así, al final de la reunión, mientras se servían café y galletas, entabló conversación con algunos vecinos de Charleston asegurándose de situarse en el campo visual de Callie.

—¿Deacon? —la vacilante voz que oyó tras él le dijo que la nueva táctica había funcionado.

Se giró, fingiendo sorpresa.

—¡Callie, cuánto me alegro de verte! —con tono animado se disculpó ante las personas con las que estaba hablando.

—¿Exactamente cuánto duran tus vacaciones? —le preguntó ella extrañada mientras se apartaban.

—Me temo que tengo que confesarte algo —había ensayado lo que iba a decir—. No soy un mero turista.

–¿Y quién eres? –preguntó algo inquieta.

–Estoy pensando en mudarme a Charleston.

–¿Y por qué no lo habías dicho antes? –parecía molesta.

–Es complicado. Tenía cosas que comprobar y que planificar y tenía que ser discreto. Soy socio de una empresa de transporte nacional.

En realidad era socio minoritario y la empresa era más local que nacional, pero los datos eran lo suficientemente ciertos como para utilizarlos.

–Estamos pensando en expandirnos. Necesitaríamos mucho terreno en una zona industrial y si los dueños de las inmobiliarias supieran que estamos buscando algo para comprar… bueno… a los precios les pasan cosas muy curiosas cuando una empresa grande muestra interés.

Se mantuvo lo más fiel a la verdad que pudo. Transportes Mobi siempre estaba pensando en expandirse y era cierto que los precios se disparaban cuando las inmobiliarias se enteraban de que una empresa grande estaba dispuesta a comprar.

–Así que les estás ocultando a los ciudadanos de Charleston el valor de sus propiedades.

–Lo que hago es mantener el valor real.

–Mintiendo sobre tus intenciones.

–Yo no…

–Así funciona el mercado, Deacon. Cuando algo está muy solicitado, adquiere más valor.

A Deacon le sorprendió que la conversación hubiese dado ese giro y, al mismo tiempo, le resultó curioso que de pronto se mostrase tan suspicaz. Las personas honestas eran confiadas. Las personas ladinas buscaban el engaño en los demás.

–No quiero tener que buscar otra ciudad. Me gusta Charleston, pero si aquí la tierra cuesta demasiado, elegiremos otra ciudad donde cueste menos.

–Pues dilo tal cual.

–Es un modo de enfocarlo.

–Es el modo más honesto de enfocarlo.

–¿Consideras que la honestidad es la mejor política? –preguntó, esperando su reacción.

–«Es» la mejor política.

En realidad Callie no había respondido exactamente a su pregunta, pero no insistió.

–Echa un vistazo a la página web de Transportes Mobi y dime si crees que le iría bien a Charleston.

La expresión de ella se relajó un poco.

–En la era de Internet, el transporte de mercancías está preparado para la expansión. Hay muchas oportunidades en el sector.

Por el rabillo del ojo vio a Hank Watkins yendo hacia ellos.

–¿Te apetece un café? ¿Una galleta? Están buenas, aunque no tanto como las tuyas.

–¿Intentas halagarme, Deacon?

–Es la verdad, Callie –en eso no tuvo que exagerar–. Tus galletas son las mejores que he probado en mi vida. ¿Cuánto tiempo hace que eres pastelera?

Fueron hacia la mesa de aperitivos situada en el otro extremo de la sala.

–Trabajé en una cafetería desde los catorce años.

–¿Tan joven?

–Cuando era pequeña, en casa no teníamos mucho dinero, así que hice lo que hacía falta. Mentí sobre mi edad. Al principio limpiaba mesas, pero después me ascendieron a camarera.

Era una superviviente y en eso podía identificarse con ella.

–¿Creciste aquí en Charleston? ¿Descafeinado? –le preguntó mientras agarraba la jarra etiquetada.

–Sí, mejor descafeinado.

Sirvió dos tazas.

–En Grainwall, un pueblecito de Tennessee –Callie esbozó una casi imperceptible mueca de disgusto al pronunciar el nombre del pueblo.

Él seguía atento al avance de Hank.

–¿No te gustaba?

–A nadie le gusta ese sitio. Mi marido y yo elegimos Charleston porque es precioso –una expresión de tristeza le cubrió el rostro.

–Lo sentí mucho cuando me enteré de lo de tu marido.

Deacon lamentaba verdaderamente la muerte de Frederick. Le había parecido el más agradable de todo el clan Clarkson y, sin duda, el más honrado.

–Gracias. Lo echamos de menos. Frederick era un hombre maravilloso.

Deacon tenía que reconocer que hacía muy bien el papel de viuda frágil.

–Lo conocí en la cafetería donde trabajaba. Sobre todo servíamos hamburguesas y chili y no teníamos una clientela muy distinguida. No sé cómo la encontró Frederick, pero volvió.

A Deacon no le sorprendió que Frederick hubiese seguido yendo y tenía claro que el motivo no fueron las hamburguesas. Callie por sí sola ya bastaba para hacer que un hombre volviera una y otra vez.

–Dijo que le gustaba el chili.

–¿Estaba bueno?

Ella soltó una suave carcajada.

–He visto a ese chili tumbar a un hombre que abultaba el doble que Frederick. Estaba en silla de ruedas, pero tenía un estómago de hierro.

Deacon decidió pasar por alto el comentario de la silla de ruedas.

–¿Entonces os mudasteis juntos a Charleston?

–Y fue cuando abrimos la pastelería. No teníamos ni idea de lo que estábamos haciendo, pero Frederick tenía un poco de dinero.

¿Un poco? Le resultó curioso que Callie definiese así lo que en realidad era mucho dinero.

–Yo sabía algo sobre el negocio de las cafeterías y quería trabajar en un lugar bonito y agradable, un lugar donde los clientes se sintiesen felices.

Hank estaba muy cerca; lo único que lo retenía era un insistente anciano. Deacon miró el reloj preguntándose qué hacer para que Callie saliese fuera.

Ella miró el reloj también.

–Tengo a una niñera esperando.

¡Perfecto!

Callie soltó la taza y fue hacia la puerta. Él la siguió.

–¿Te interesa el embellecimiento de la ciudad?

–Ahora sí.

Deacon abrió la puerta y se fijó en el gesto de frustración de Hank.

–Vaya, esa respuesta me ha dejado intrigado.

–Yo… –parecía nerviosa.

¿A qué venían esos nervios? ¿Se habría unido al comité para estar cerca de Hank?

–He pensado que… debería… comprometerme más con mi comunidad y colaborar.

–¿Me vas a contar la verdad?

Callie se sonrojó.

–Es un poco embarazoso.

–Todos hacemos cosas embarazosas. Prometo que lo entenderé.

Callie giró hacia la acera y siguió caminando mientras tomaba aire exageradamente, como si estuviese a punto de confesar un delito.

–Me he unido al comité para ganarme a Lawrence Dennison.

La respuesta lo dejó desconcertado.

–¿No ronda los ochenta?

–Downright Sweet está en el barrio histórico. Mi terraza necesita una reforma o tendré que cerrarla, pero no puedo hacer la reforma sin el permiso. Lawrence está retrasando el permiso, así que intento ganármelo uniéndome al comité.

Deacon se quedó impresionado. Haber confesado con ese profundo sentimiento de culpabilidad una mentira tan insignificante la hizo parecer la mujer más sincera y decente del mundo. Si no fuera porque estaba seguro de que se había inventado esa historia, le habría resultado un gesto encantador.

Durante los siguientes tres días, Callie estuvo levantando la mirada expectante cada vez que un cliente cruzaba la puerta de la pastelería.

El jueves por la noche Deacon la había acompañado a casa y no la había juzgado por haberse unido al comité, la había entendido. Habían hablado y se habían reído, y de no ser porque tenía que meter a los niños en la cama, lo habría invitado a pasar. Había esperado que la besara al despedirse, pero él no lo había hecho, y después, el viernes, había esperado que fuera a la pastelería y le pidiera salir otra vez, pero eso tampoco había sucedido.

Al llegar el lunes ya temía que se hubiese marchado de la ciudad. Tal vez el terreno que le convenía no estaba disponible o tal vez los impuestos eran demasiado altos. Había cientos de razones por las que podría haber decidido descartar Charleston.

—¿Callie? —dijo Hannah saliendo de la cocina con un teléfono en la mano—. Es para ti. Lawrence Dennison.

¿La estaría llamando Lawrence para darle las gracias por haberse unido al comité o porque había descubierto su treta?

—¿Parece enfadado? —le preguntó a Hannah.

—No.

—¿Contento?

—¿Qué pasa?

—Nada —agarró el teléfono y se dio la vuelta—. ¿Diga?

—Hola, Callie —Lawrence parecía contento, quizás demasiado.

—Hola, concejal Dennison.

—Oh, por favor, llámame Lawrence.

—De acuerdo, Lawrence.

—Te llamo para darte las gracias personalmente.

—¿Por haberme unido al comité? —respondió absolutamente aliviada.

—Por el donativo.

—¿El donativo?

Hannah, que la estaba mirando, ladeó la cabeza con gesto de curiosidad.

—Dos mil dólares es una cantidad muy generosa.

¿Dos mil dólares? ¿Habría firmado algo por error? ¡No se podía permitir donar dos mil dólares!

33

–El Comité de Embellecimiento sin duda le dará un buen uso al dinero.

–Lawrence, creo que ha habido…

–Y sobre el permiso para tu reforma, he revisado los planos y confío en que te lo aprueben esta semana.

–¿Aprueben?

Sabía que debía protestar, no había hecho ningún donativo. Y si lo hubiese hecho, ¿habría sido un soborno?

Hannah abrió sus grandes ojos marrones y susurró:

–¿El permiso?

Callie quiso asentir, pero temía gafar el momento. ¿De verdad podía estar pasando?

–El miércoles deberían decirte algo. Si no te llaman, ponte en contacto conmigo directamente con total libertad.

Hannah le tocó el brazo y señaló hacia la puerta de la pastelería. Callie se giró y vio a Deacon entrar. ¡Qué guapo estaba con esos vaqueros de marca y esa camisa con las mangas remangadas y el cuello abierto!

–Yo… eh… –al ver la sonrisita de satisfacción de Deacon, inmediatamente supo lo que había pasado–. Gracias, Lawrence.

–Un placer. Adiós, Callie.

Sin apartar la mirada de Deacon, le pasó el teléfono a Hannah.

–Tengo que hablar con Deacon.

–¿Nos van a conceder el permiso de obras?

–Eso parece –no estaba segura de cómo sentirse: ¿feliz, culpable, enfadada, agradecida?

¿Qué clase de hombre haría algo así por ella?

Mientras buscaba la respuesta, él se detuvo al otro lado del mostrador.

–Hola, Callie.

–¿Podemos hablar?

–Claro.

Callie se quitó el delantal. Deacon miró con admiración su camisa blanca de manga corta y la falda negra ajustada y el interés que ella vio en sus ojos hizo que un agradable cosquilleo le recorriera la espalda.

Tuvo que recordarse que estaba… probablemente… enfadada con él.

Una buena persona estaría enfadada con él. ¿O no?

Esquivando las mesas, lo siguió hasta la puerta mientras su mirada se movía involuntariamente por sus anchos hombros, por su esculpida espalda y su atractivo trasero.

Una buena persona no estaría mirándole el culo. Y ella quería ser una buena persona.

–Has sido tú, ¿verdad? –le preguntó ya en la calle.

–No lo sé. ¿De qué estamos hablando?

–Del donativo.

–Aaaaah.

–Lo tomaré como un sí.

–Sí, he sido yo. ¿Puedo darte la mano?

–¿Qué? –se quedó atónita con la pregunta.

–La mano. Me gustaría darte la mano mientras paseamos.

–¿Por qué dices eso?

–Porque es la verdad.

–Estamos hablando de que has dejado que Lawrence piense que he hecho un gran donativo al comité.

–¿Y no podemos hacerlo mientras te doy la mano?

–Deacon.

–¿Qué? –en lugar de esperar una respuesta, le agarró la mano.

35

Ella sabía que debía apartarse, pero no le apetecía.

–Lawrence me acaba de llamar.

–Bien. ¿Y?

Era muy agradable pasear de la mano. ¡Era genial pasear de la mano! Tenía unas manos fuertes y masculinas. Era un hombre muy varonil y eso le gustaba.

–¿Callie?

–¿Sí?

–¿Qué ha dicho Lawrence?

–¡Ah! –volvió a centrarse–. Ha dicho que me aprobarán el permiso el miércoles.

Deacon le apretó la mano y se la acercó a los labios para besarla.

–¡Es fantástico!

Ella tardó un momento en asimilar lo que había pasado. ¡La había besado! Sí, en la mano, pero la había besado. Sintió un cosquilleo al pensar en el beso.

–Le has sobornado –dijo centrándose y asegurándose de hablar con tono de desaprobación.

–No ha sido un soborno. Ha sido inspiración. Un soborno sería llamarle y decirle: «Te doy dos mil dólares si me apruebas el permiso».

De pronto Callie pensó en las posibles implicaciones de lo sucedido.

–¿He quebrantado la ley?

Él se rio.

–Eres increíble.

Deacon le besó la mano otra vez y la sostuvo contra sus labios. La miró a los ojos y Callie sintió una ráfaga de deseo. Después la agarró del brazo y la llevó con delicadeza hacia un estrecho callejón.

–¿Puedo besarte? –le susurró–. Quiero besarte.

Ella no se planteó negarse ni por un instante.

Capítulo Tres

Quería besarla hasta perder el sentido, pero se lo tomó con calma. Le acarició la mejilla con el dorso de la mano y se quedó maravillado con la suavidad de su cremosa piel.

–Eres preciosa.

Ella separó sus suaves labios y sus ojos verde azulado adquirieron una tonalidad opaca. Parecía ligeramente temblorosa, irresistiblemente inocente. Y aunque Deacon se estaba cuestionando su sinceridad, esa imagen le provocó una abrumadora pasión. Se agachó y la besó. Sabía a miel y sus labios eran tiernos. Ella le devolvió el beso y una marea de deseo arrasó con sus sentidos.

Él hundió los dedos en su cabello y un aroma a lavanda se entremezcló con la brisa. La acercó, deleitándose con el tacto de su suave y tonificado cuerpo. Ella se acomodó contra él y ladeó la cabeza. Deacon profundizó el beso y Callie lo recibió con su lengua. Se sentía cada vez más excitado y, aunque era consciente de que estaban en la calle y apenas resguardados por los edificios de piedra al otro lado, no le importó.

Pero entonces ella posó las palmas sobre su pecho y le dio un pequeño empujón.

Inmediatamente, él se echó atrás. Respiraba profunda y entrecortadamente y su cabeza era un torbellino de hormonas y emociones. ¿Qué acababa de pasar?

–Lo siento –dijo Callie con voz temblorosa.

Deacon dio otro paso atrás y resopló mientras intentaba orientarse.

–Soy yo el que lo siente. Ha sido culpa mía.

–Es solo que…

–Podría habernos visto cualquiera –terminó de decir por ella.

–Es complicado.

No pudo evitar preguntarse si Callie lo veía complicado por lo que sentía por el alcalde Watkins o por la reciente muerte de Frederick. Pero tanto si era por Hank como por Frederick, ahora mismo Deacon no podía más que comportarse como un perfecto caballero.

–Lo entiendo. No intentaba presionarte. Sería feliz simplemente llevándote a tomar un café.

–¿Callie? –dijo de pronto un hombre detrás de Deacon.

–Hola, Hank –respondió ella dejando algo más de espacio entre los dos–. ¿Te acuerdas de Deacon Holt?

Hank posó su atención en Deacon un segundo, lo justo para mostrarle su desdén.

–Te he ido a buscar a la pastelería.

–Ah… –la culpabilidad era evidente en el tono de voz de Callie.

Deacon, seguro de que no estaba saliendo con Hank o, al menos, viéndose con él, decidió poner a prueba su teoría acercándose más a ella.

–No sé si Callie te lo ha mencionado, pero mi empresa, Transportes Mobi, tiene intención de abrir una nueva sede en Carolina del Norte.

Como alcalde, la idea debería haber agradado a Hank. Como novio de Callie, le enfadaría.

Y le enfadó.

–Ya –respondió Hank apretando la mandíbula–. ¿He de interpretar que estáis pensando en Charleston?

—Quería mantenerlo en secreto... —se apresuró a decir Callie volviendo a dejar distancia entre los dos. Parecía como si estuviera excusándose por haberle ocultado la información a Hank— por fines comerciales —terminó.

—Callie ha sido muy amable al ayudarme a conocer la ciudad —dijo Deacon.

—¿Necesitabas hablar conmigo de algo? —preguntó Callie.

El alcalde volvió a centrar la atención en ella y su expresión se suavizó.

—Esta mañana he hablado con Lawrence.

—¿Te refieres al permiso?

—Me refiero al donativo. Buena jugada, Callie.

—Yo no...

—Justo ahora me estaba contando lo bien que ha salido todo y estoy de acuerdo contigo. El donativo ha sido una buena jugada. El permiso debería aprobarse esta semana y entonces ya podrá ponerse en marcha con la reforma.

—Ella no necesita tu apoyo —le contestó Hank.

—Estoy aquí delante —apuntó Callie.

—Perdóname —respondió Hank arrepentido. Se acercó y le agarró las manos.

A Deacon le entraron ganas de apartarla de él, pero su lado más inteligente no quería que el alcalde conociese sus intenciones. Si Hank sabía que estaba interesado en Callie, lo bloquearía desde todos los ángulos posibles. Era mejor hacer una retirada temporal estratégica y dejar que Hank se confiara demasiado.

—Tengo que irme a hacer una llamada —le dijo a Callie.

—Siento haberte entretenido —respondió ella soltándose de Hank.

—¡Hasta luego! –añadió Deacon con un tono animado y despreocupado que enmascaró su frustración.

Los dejó allí y avanzó por la acera dando pasos lar-
gos y apresurados. Sacó el teléfono y marcó el número
de Tyrell.

—¿Sí? –respondió Tyrell con brusquedad.

—Estoy aquí.

—¿Vas a conquistar a Callie?

—Prepara la documentación.

Callie no quería verlo como una cita. Sí, el café que
iba a tomar con Deacon al final se había convertido en
una cena, pero solo por una cuestión práctica, ya que
para ella era más sencillo salir por la noche.

Al no saber adónde irían a cenar, se había puesto
un sencillo vestido de cóctel de color azul medianoche:
una hilera de sutiles cristales brillaban sobre el escote
redondo, tenía la cintura entallada y desde ahí se abría
ligeramente hasta mitad de muslo.

Llevaba sus pequeños pendientes de diamantes con-
juntados con un delicado colgante de oro, unas sandalias negras de tacón y un maquillaje algo más intenso
de lo habitual.

Al mirarse al espejo vio un brillo de ilusión en su
mirada… y también el reflejo de los anillos de compromiso y de boda. Cerró los ojos, se los quitó y los guardó
en el joyero. Ya había besado a Deacon una vez. Si iba
a volver a hacerlo, debía asumir que Frederick formaba
parte del pasado.

Justo en ese momento sonó el teléfono y la invadieron los nervios. ¿Sería Deacon? ¿Habría cambiado de
opinión?

–¿Diga?

–Hola, Callie –dijo Pam. Parecía inquieta y se oían voces de fondo.

–¿Va todo bien?

–Me he caído por las escaleras.

–¿Te has hecho daño? ¿Con quién estás?

–Me he torcido el tobillo. Mi madre me ha traído al hospital para que me hagan una radiografía.

–¡Cuánto lo siento! –exclamó Callie con sinceridad.

–No puedo cuidar de los niños esta noche.

–No te preocupes por eso. Tú preocúpate solo de cuidarte.

–Lo siento mucho.

–No pasa nada. Llámame cuando te vea el médico, ¿de acuerdo? Y avísame si puedo hacer algo.

–¡Ay! ¡Mamá, no me puedo girar así!

Callie se estremeció, compadeciéndose de ella.

–Tengo que colgar.

–¡Buena suerte!

–¡Mami, mami! –gritó James desde la cocina.

–Ya voy, cielo.

El timbre de la puerta sonó en ese momento.

–¡Ethan ha estrujado su cartón de zumo y ha manchado el suelo!

–Ethan, sabes que no puedes hacer eso –dijo Callie mientras bajaba las escaleras corriendo.

–¡*Modado!* –exclamó Ethan sonriendo sin el más mínimo arrepentimiento.

–¿Prefieres un vasito con pajita?

La sonrisa de Ethan se esfumó.

El timbre volvió a sonar.

–Pues entonces no estrujes el cartón –le dijo con firmeza.

–¿Podemos cenar macarrones? –preguntó James abriendo la nevera–. ¿Con queso naranja?

–Ya veremos –respondió Callie quitándole a Ethan el zumo y dejándolo sobre la encimera.

–¡*Sumo!* –gritó el pequeño mientras alargaba los brazos para intentar recuperarlo.

¡Y ella que había soñado con una cita! O con una «no cita». Fuera lo que fuera, estaba profundamente decepcionada por perdérsela.

–Tengo que abrir la puerta.

–¡*Sumo!* –repetía Ethan.

–Tendrás que esperar un minuto –le respondió mientras corría hacia el vestíbulo.

Al abrir la puerta se encontró a Deacon en el porche.

–Hola. ¿Va todo bien? –preguntó ante los gritos de Ethan.

–Un desastre con el cartón de zumo. Pasa.

Él llevaba una camisa blanca, una americana azul acero y unos vaqueros oscuros.

–Estás fantástica –le dijo mientras cerraba la puerta.

A Callie se le derritió el corazón con el cumplido. Odiaba tener que decirle que la noche había terminado antes de siquiera haber empezado.

–Ahora mismo vuelvo –fue a la cocina para calmar a Ethan.

El niño había buscado otro plan de ataque y estaba empujando una silla hacia la encimera.

–¿Se acabó lo de estrujar el cartón? –le preguntó con tono muy serio al levantar el zumo.

–*No estujad* –contestó el niño soltando la silla y corriendo hacia ella.

–Tengo hambre –dijo James.

–Lo sé –respondió Callie despeinándolo cariñosamente–. Pam no puede venir esta noche.

Ethan dejó de beber.

–¡Pam, Pam!

–Pam se ha hecho daño en el tobillo y tiene que ir al médico.

–¿Necesita una tirita? –preguntó James–. Tenemos tiritas de caballitos.

–Seguro que el médico le pone una blanca. Y puede que sea muy grande.

–¿*Pupa gande?* –preguntó Ethan.

–Espero que no –respondió Callie.

Estaba pensando en cómo se organizaría al día siguiente sin Pam cuando la voz de Deacon se sumó a la conversación.

–¿Alguien se ha hecho una pupa grande?

Callie se giró y lo vio en la puerta de la cocina. Los niños se quedaron en silencio y mirándolo.

–Perdona, te he dejado abandonado.

–No te preocupes.

–James, Ethan, os presento a mi amigo Deacon Holt.

–Hola –dijo James.

Ethan se quedó en silencio.

Deacon entró en la cocina y se puso de cuclillas.

–Hola, James. Hola, Ethan. Probablemente no os acordéis de mí, pero os vi la semana pasada en Downright Sweet. Estabais tomando galletas.

–*De cododes* –dijo Ethan.

–Eso es exactamente lo que estabas tomando.

–Yo me estaba tomando una de mantequilla de cacahuete –dijo James.

–Y yo una caliente de avena y chocolate –les dijo Deacon.

–*Sumo modado* –dijo Ethan enseñándole el zumo.

–Ya lo veo –respondió Deacon fijándose en la mancha morada sobre el suelo blanco.

–¡Ay! –exclamó Callie al recordar el charco de zumo. Si no lo limpiaba ya, dejaría mancha.

Fue a la pila y mojó una bayeta con agua caliente.

–Yo me encargo –oír la voz de Deacon directamente tras ella la hizo sobresaltarse.

–Oh, no, no lo hagas –no iba a dejar que le limpiara el suelo.

–Estás demasiado guapa para limpiar suelos –con firmeza pero delicadeza le quitó la bayeta.

–¡Deacon, no! –protestó.

Pero él ya estaba agachado limpiando la mancha de zumo.

–Ethan ha estrujado el zumo –dijo James.

–Ya veo –respondió Deacon al ir a aclarar la bayeta.

–Por cierto, la que se ha hecho daño ha sido mi niñera. Le van a hacer una radiografía del tobillo. Lo siento, me temo que tendremos que posponer la cena.

Deacon cerró el grifo y escurrió la bayeta.

–Pero vas a tener que comer algo de todos modos.

–Los niños quieren macarrones –no era el plato favorito de Callie, y menos cuando se había hecho ilusiones con disfrutar de música, vino y compañía adulta.

–Con queso naranja –recalcó James.

–¿Les gusta la pizza?

La pregunta captó de inmediato la atención de los pequeños.

–¿Con pepperoni? –preguntó James.

Callie no se lo podía creer. ¿De verdad estaba dispuesto a quedarse ahí, entre manchas de zumo de uva y dos niños revoltosos, y cenar pizza?

–¿Cuál es tu ingrediente favorito? –le preguntó a ella.

–Creo que no sabes lo que estás haciendo.

–Ya he pedido pizza alguna que otra vez.

–¿Estás ofreciéndote voluntario para quedarte?

–Tú vas a quedarte.

–Claro que sí.

–Entonces, decidido. ¿Cuál es la mejor pizzería del barrio? ¿Quieres que vaya a comprar vino?

En el sofá, con Ethan durmiendo sobre su regazo, Callie dio un trago a su copa de *cabernet sauvignon*.

–Es el castillo más grande de toda Inglaterra –dijo James colocando un bloque de color sobre la torre que estaba construyendo con Deacon.

–¿Y quién vive en él? –preguntó Deacon haciendo sonreír a Callie.

–El rey, la reina y cinco principitos. Juegan juntos en la torre y tienen espadas.

–¿Y hay alguna princesa en el castillo?

–¡Qué va! Las chicas no son divertidas.

Deacon miró a Callie y le sonrió.

–A mí me parece que las chicas son muy divertidas.

–Juegan con muñecas –protestó James echándose atrás sobre la alfombra del salón para supervisar su creación.

–Los chicos también pueden jugar con muñecas –respondió Deacon.

–Ya sé que pueden, pero ¿para qué?

–Para jugar a ser su papá.

–Mi papá tenía una silla de ruedas –comentó James con naturalidad.

Callie se quedó sin aliento. James no solía mencionar a Frederick.

–Eso he oído –respondió Deacon asintiendo.

–Una vez me senté en ella, pero me gusta más mi bici –James colocó unos bloques más cerca del portón–. Esta es la estatua.

–¿Que protege el portón?

–Es una estatua. No puede proteger nada.

–Algunas estatuas se construyen para dar miedo y ahuyentar a los malos. Como los leones.

–O los dragones.

–O los dragones, así es.

–James –dijo Callie en voz baja para no despertar a Ethan–, es hora de irse a la cama, cielo.

–Siempre es hora de irse a la cama –protestó James.

–Todos los días a la misma hora –dijo Callie, aunque era media hora más tarde de lo habitual. No había querido interrumpir la construcción del castillo.

–No es justo –farfulló James arrugando la boca.

–¿Por qué no sacamos una foto del castillo? –sugirió Deacon sacando el móvil–. Así, siempre podrás recordarlo. ¿Quieres salir en la foto?

Callie no pudo más que admirar la táctica de distracción de Deacon.

–Sí que quiero –respondió James poniéndose de rodillas junto al castillo.

–Sonríe. Se las enviaré a tu mamá para que las veas por la mañana.

–Vale –respondió James y después, como por arte de magia, se levantó sin protestar.

Agradecida, Callie se levantó con Ethan en brazos.

–¿Necesitas ayuda? –le preguntó Deacon en voz baja.

–No pesa demasiado. Ahora mismo vuelvo.

–Aquí estaré.

Callie siguió a James por las escaleras y, una vez arriba, el niño se puso el pijama mientras alternaba estocadas de una espada imaginaria con grandes bostezos. Después acostó a Ethan y supervisó cómo se lavaba los dientes James, que se quedó dormido en cuanto puso la cabeza sobre la almohada.

Descalza pero aún con el vestido puesto, bajó de nuevo al salón.

Deacon estaba en el suelo desmontando el castillo y guardando los bloques en sus cubos.

–No tienes por qué hacerlo. Yo puedo recogerlo por la mañana.

Sin embargo, él continuó.

–¿No vas a la pastelería por la mañana?

–Iré si puedo encontrar una niñera.

–Pues entonces te vendrá mejor no tener que ponerte a recoger juguetes antes del desayuno.

–Es verdad. Lo haremos ahora –se sentó en el suelo.

–¿Lo estoy haciendo bien? –preguntó él señalando los distintos tamaños de cubos.

–Lo estás haciendo muy bien. Nunca se me ha ocurrido preguntártelo, pero ¿tienes hijos?

–No.

–¿Sobrinos?

Deacon vaciló antes de responder.

–No hay niños en mi vida.

–Qué curioso.

–¿Por qué?

–Porque se te da muy bien –estaba impresionada.

–¿Se me da bien construir castillos de juguete?

–Se te dan bien los niños. James ha estado a punto

de armar una buena por tener que irse a la cama, pero lo has distraído simplemente proponiéndole hacer una foto.

De pronto se dio cuenta de que él había terminado de guardar los bloques y la estaba mirando.

–La verdad es que ni siquiera lo he pensado.

–Así que es una cosa instintiva.

–No sé lo que es, supongo que lógica y razón.

Ella se inclinó hacia delante y se estiró para meter unos bloques en un cubo.

–Pues entonces admiro tu lógica y tu razón.

Él no respondió y Callie se dio cuenta de que se le había abierto el escote y le estaba ofreciendo una vista panorámica de su sujetador. Sabía que debía moverse o taparse, pero no lo hizo.

–¿Estás casado?

–No te estaría mirando así si estuviese casado.

–¿Novia?

–Te he besado.

–Eso no es garantía de nada.

–En mi caso sí lo es. No te habría besado si tuviese novia –se acercó–. ¿Novio?

–No.

–¿Novio potencial?

Ella no supo qué responder. ¿Se refería a él mismo?

–La verdad es que no lo sé. No lo he pensado mucho.

Mientras pronunciaba esas palabras, admitió que eran mentira, porque en realidad había pensado mucho en Deacon. Tal vez no como un novio formal, pero sí en un sentido romántico y rotundamente sí en un sentido sexual.

–De acuerdo –él volvió a posar la mirada en su escote–. Me estás matando, Callie.

–¿Quieres besarme otra vez? –no veía motivos para mostrarse esquiva.

–No sabes cuánto.

Ella se puso de rodillas y él se inclinó hacia delante, le rodeó la cintura con el brazo y le dio un profundo beso que hizo que la recorriera una instantánea y potente excitación. Se tambaleó, pero él la sujetó.

Los dos estaban de rodillas con los muslos pegados a los del otro. Los pechos de ella rozaban su torso, sus cuerpos se tocaban íntimamente.

Él profundizó el beso y ella echó la cabeza atrás mientras se deleitaba en su sabor y su aroma.

Lo rodeó por el cuello y Deacon se tumbó en la alfombra arrastrándola con él. Se le bajó un tirante del vestido y Deacon besó la cumbre de su pecho. Sentir sus ardientes labios sobre su piel la hizo sumirse en un deseo cada vez más intenso.

Fue como si el cuerpo se le licuase, como si se derritiera contra el suyo. Él deslizó la mano por su muslo desnudo, con firmeza y seguridad, mientras le besaba el cuello y la boca otra vez. Le dibujó la forma de los labios con el dedo y ella se lo rozó con la lengua. Deacon gimió y movió la otra mano sobre su muslo interno.

Callie sabía lo que venía a continuación y lo deseaba terriblemente, pero tenía que ser sincera.

–Deacon –dijo con un susurro.

–¿Hmm? –preguntó él antes de besarle el cuello.

–Ya sabes… –comenzó a decir con un gemido mientras la lengua de Deacon acariciaba su suave piel. Se obligó a centrarse–. Sabes lo de Frederick. Tenía una lesión medular.

–¿En serio vamos a hablar de tu marido ahora?

–No. Quiero decir… Sí.

–¿Por qué?

Callie sintió cómo se enfrió la atmósfera, pero tenía que seguir hablando.

–Porque… bueno… hay algo que deberías saber. Los niños fueron concebidos por fecundación *in vitro*.

Deacon no se movió. No dijo ni una palabra.

–No te estoy diciendo que sea virgen. Quiero decir, no técnicamente. He tenido dos niños. Pero… lo cierto es que… yo nunca… –la cara le ardía de vergüenza.

Él apartó la mano de su muslo.

–Me da miedo hacerlo mal –y al ver la expresión de estupor de Deacon, añadió–: Ya lo estoy haciendo mal, ¿verdad?

–¿Nunca has tenido relaciones sexuales?

–Era joven cuando conocí a Frederick.

–¿Eso es un sí? ¿Un no?

–Nunca he tenido relaciones sexuales.

Deacon se sentó y se pasó una mano por el pelo.

–Me gustas, Callie.

–Pero no lo suficiente como para mantener relaciones con alguien tan inexperta –añadió ella avergonzada y dolida.

–¿Qué? ¡No, no! Quiero tener una cita contigo, una cita de verdad. No quiero simplemente… –miró a su alrededor.

–¿Un revolcón entre juguetes? –preguntó ella de pronto sintiéndose mejor.

–Déjame llevarte a cenar –le dijo Deacon sonriendo y apartándole un mechón de pelo de la cara.

–Lo he intentado, pero las circunstancias han conspirado contra nosotros.

Él soltó una suave carcajada.

–Es verdad. Vamos a intentarlo de nuevo –le subió el tirante y le estiró el bajo del vestido.

–¿Ha terminado nuestra cita? –preguntó ella diciéndose que no debía sentirse decepcionada.

Deacon estaba siendo honrado y debía estar agradecida por ello.

–Puede que la noche haya terminado, pero nuestra cita ni siquiera ha empezado.

Capítulo Cuatro

Deacon quería hacerlo bien esta vez.

Aunque no era muy aficionado a las marcas y los diseñadores, pasó una tarde en Columbia engalanándose con los sutiles símbolos de la riqueza y el privilegio. Se compró un reloj absurdamente caro, un traje sastre magnífico, unos gemelos de diamantes y unos zapatos que costaban tanto como una nevera nueva.

Callie no había negado que existiese la posibilidad de tener novio y él había dado por hecho que se refería a Hank. Parecía que seguía adelante con su ambición: Frederick la había sacado de la pobreza y ahora ella pasaba al siguiente nivel, a una posición social de poder.

Aunque no admirase sus métodos, Deacon no tenía nada en contra de sus objetivos. Y si lo que Callie quería era riqueza, riqueza era lo que él proyectaría.

Era facilísimo saber a qué se debía el interés de Hank por ella. Callie era un absoluto bombón y beneficiaría su carrera política; una preciosa joven viuda, propietaria de un negocio en la ciudad y madre de dos niños. Los cuatro darían una imagen espectacular en la tarjeta de felicitación navideña del alcalde.

Habían quedado en el restaurante Skyblue y cuando la vio acercarse por la acera, de pronto olvidó las motivaciones de Callie.

Su melena suelta le ondeaba alrededor de la cara con la suave brisa. Llevaba un vestido de cóctel color burdeos ajustado y con cuello halter que se amoldaba a sus pechos y se ceñía a su delgada cintura resaltando unas formas que hacían que los hombres giraran la cabeza a su paso. La falda mostraba varios centímetros de muslos esbeltos y sus esculpidos gemelos terminaban en una sandalias de tiras que decoraban sus tobillos y sus uñas pintadas.

Fue hacia ella y, al acercarse, los ojos turquesa de Callie se iluminaron bajos las lucecitas de los árboles que los rodeaban.

—Hola —dijo él alargando el brazo.

Ella lo agarró.

—Hola.

—Estás impresionante —le cubrió la mano con la suya, impaciente por el contacto piel con piel.

—Tú también —respondió ella mirándolo de arriba abajo.

—Todo mi atractivo reside en lo que llevo caminando a mi lado.

Ella sonrió y él se removió por dentro.

—¿Qué tal el día? —le preguntó en un intento de darse un respiro.

—Movido. Se nos ha roto uno de los hornos y hemos tenido a los técnicos allí durante tres horas.

—Lo siento.

Antes de que ella pudiese responder, llegaron al mostrador.

—Buenas noches —les dijo la jefa de sala con una sonrisa profesional.

—Tenemos una reserva a nombre de Holt.

—¿Quieren sentarse dentro o en la terraza?

Él miró a Callie, que respondió:

—Sería agradable poder ver el río.

–Se está levantando viento, pero puedo sentarles detrás de una mampara de plexiglás.

–Perfecto.

La mujer los llevó hasta una mesa pequeña al fondo de la terraza. Hacía viento, pero se notaba menos detrás de la mampara y desde ahí tenían unas vistas fantásticas del río.

–¿Y han arreglado el horno? –preguntó Deacon retomando la conversación.

–Aún no. Tienen que traer una pieza desde Filadelfia. Lo compramos de segunda mano cuando reformamos la cocina y desde entonces ha sido una ruina. Bueno, imagino que aún no habrás venido a comer aquí. Los bistecs son increíbles, pero el pescado es su seña de identidad.

–¿Frederick compró un horno de segunda mano?

–¿Por qué te sorprende tanto?

–Lo siento. No sé por qué tenía la impresión de que tenía mucho dinero.

–Tenía algo. Bastante más de lo que yo podía haber soñado con llegar a tener, eso seguro.

Quería sacarle más información, pero no se atrevía.

–¿Pido una botella de vino?

–Sí, me bebería un par de copas.

–¿Tinto o blanco? –le pasó la carta de vinos.

–No sé nada de vinos.

–¿Era Frederick el que pedía el vino?

–Normalmente comprábamos el que estuviera en oferta.

A Deacon le extrañó la respuesta.

Justo en ese momento el camarero apareció con dos ayudantes.

–Me llamo Henri y esta noche les serviré junto a

Alex y Patricia. ¿Puedo ofrecerles un cóctel o un aperitivo?

—¿Un cóctel? —preguntó Deacon mirando a Callie.

—El vino me parece bien.

Deacon miró la carta de vinos y señaló el más caro de los blancos.

—El Minz Valley Grand Cru —confirmó Henri—. Recibimos excelentes opiniones de él —dijo antes de retirarse.

El viento se levantó haciendo titilar la llama del farolillo de cristal y agitando el mantel.

Callie se apartó el pelo de la cara, pero se le volvió a despeinar.

—¿Me estropearé el *look* si me recojo el pelo?

—Nada te podría estropear el *look*.

—Buena respuesta —sacó una horquilla del bolso y se hizo un recogido.

—Podemos pasar dentro si lo prefieres.

—No, me gusta la brisa. Lo que no me gusta es que se me meta el pelo en la boca mientras estoy intentando comer.

—Es comprensible.

Henri llegó con el vino acompañado por Patricia, que dejó una cubitera grande de hielo junto a la mesa. Le mostró la etiqueta a Deacon y, cuando este asintió, abrió la botella con un ademán y le sirvió un poco en la copa. Deacon le ofreció la cata a Callie, pero ella prefirió que él hiciera los honores.

—Bien —le dijo a Henri.

Henri le sirvió una copa a Callie, rellenó la de Deacon y se retiró.

—Por una mujer preciosa en una noche preciosa —dijo Deacon alzando su copa, y justo cuando terminó el brindis, el viento azotó de pronto y unas gotas de lluvia cayeron sobre el tejado de la terraza.

–No sé muy bien cómo tomarme la comparación.

–¿Por una mujer preciosa en una noche no tan preciosa?

–Así mejor –brindaron y bebieron–. ¡Um, qué rico! Buena elección.

–Gracias –respondió él fingiendo que se había basado en un cierto nivel de conocimiento.

–Disculpe, señora –dijo Henri al aparecer de nuevo.

–¿Sí?

–Al caballero de aquella mesa le gustaría invitar al vino.

Furioso, Deacon miró hacia la mesa. Era el alcalde. ¿Hank Watkins iba a pagarle el vino a Callie? ¡Ni hablar!

Dejó la servilleta sobre la mesa y se levantó.

–El vino corre a mi cuenta –le dijo al camarero al pasar por delante de él.

Después, cruzó la terraza hacia la mesa donde se encontraban Hank y otros cuatro hombres.

–Deacon Holt, ¿verdad? –preguntó Hank con tono animado al verlo llegar.

–Sé que usted se considera alguien muy importante por aquí –le dijo Deacon en voz baja–, pero ahí de donde yo vengo, no se compra a una mujer con una copa cuando está con otro hombre.

Hank plantó sus fornidas manos sobre el mantel.

–Solo estoy siendo amable, señor.

Deacon se inclinó ligeramente hacia delante y lo miró fijamente a los ojos.

–Y yo estoy siendo amable al decirle claramente que se aparte.

–¿Alcalde? ¿Señor Holt?

–No pasa nada, Henri –respondió Hank–. El señor Holt ya se marchaba.

–Eso contando con que haya quedado todo claro.

–Creo que lo ha dejado todo perfectamente claro –Hank sonrió a sus acompañantes–. El señor Holt prefiere pagar su cuenta.

–Y tanto que lo prefiere –dijo Deacon antes de marcharse.

De vuelta en la mesa, Callie parecía perpleja.

–¿Va todo bien?

–Ahora sí.

–¿Por qué quería Hank pagar el vino?

–Quería impresionarte demostrándote lo rico que es.

–¿Pagando una botella de vino? –preguntó ella con tono de diversión–. ¿Cuánto cuesta exactamente?

–Setecientos dólares.

Callie se quedó atónita y la copa se le volcó sobre la mesa. Deacon la levantó justo antes de que el vino le cayera sobre el regazo.

Callie miraba la mancha del mantel, horrorizada.

–Acabo de tirar cientos de dólares.

–Es una suerte que sea blanco.

–Deacon, ¿en qué estabas pensando al gastarte tanto dinero?

–En que estaría bueno –dijo utilizando su servilleta para limpiar la mancha–. Y está bueno. No te preocupes por el precio.

–¿Cómo no me voy a preocupar por el precio?

–Me lo puedo permitir sin problema.

Y era cierto. Que decidiese no gastar dinero en artículos de lujo no significaba que no se pudiese permitir comprarlos.

Alex y Patricia se acercaron a la mesa.

–Podemos pasarles a otra mesa –dijo Alex.

–No pasa nada –respondió Callie.

–Si está usted segura, de acuerdo.

Patricia limpió la mancha, le cambió la copa a Callie y le dio una servilleta limpia a Deacon. En un instante la mesa había vuelto casi a la normalidad.

–¿Puedo hacer algo por ustedes? –preguntó Henri al unirse al grupo.

De pronto, Callie empezó a reírse.

–Esto no se nos está dando muy bien, ¿verdad?

Deacon se relajó y comenzó a reírse con ella.

–No, pero al menos no dejamos de intentarlo.

–Y eso es de admirar.

Henri los miraba sin saber qué decir.

–Creo que a la señora Clarkson le apetecería un poco más de vino.

–Sí, sí que le apetecería –dijo Callie levantando su copa.

–Por supuesto –se apresuró a decir Henri señalando la botella.

Patricia la sacó de la hielera, la secó y sirvió.

–Puedo tomarles nota cuando quieran.

–Denos unos minutos –respondió Deacon, y cuando Henri se retiró añadió–: ¿Por…?

–Por un hombre algo loco en una noche algo loca –terminó ella con una mirada pícara.

–Brindo por ello.

–Tienes que contarme lo de anoche –dijo Hannah acercándose a Callie en el mostrador.

–Lo pasé bien –respondió Callie mientras rellenaba

58

los dispensadores de granos de café. Los recuerdos le produjeron unas cálidas sensaciones: las risas durante la cena, el paseo por el camino del río, la chaqueta de Deacon sobre sus hombros...

–Me gusta cómo te brillan los ojos. ¿Hicisteis...?

–No, no hicimos nada.

–¡Qué pena! ¿Por qué no?

–No sé. No fue lo que me había esperado.

Deacon le había pedido un taxi y su beso de buenas noches había sido apasionado, maravilloso y muy largo, pero después no le había propuesto nada más.

–Oh, entonces no fue tan bien.

–No es que no fuera bien. Fue... intrigante, tal vez. Pero es una persona muy sencilla, con mucho sentido del humor y parece inteligente.

–Pues entonces no veo ningún motivo para contenerse.

–No me estuve conteniendo –ella no había propiciado ningún acercamiento sexual, pero tampoco se había mostrado distante.

–¿Entonces lo hizo él? Qué raro, para tratarse de un hombre.

En ese instante sonó la campanilla de la puerta y Callie miró, esperando ver a Deacon. Solo habían pasado doce horas, pero ya estaba más que preparada para volver a verlo.

Sin embargo, fue Hank quien entró en el local.

–Yo me ocupo –dijo Hannah.

Decepcionada, Callie retomó la tarea de rellenar los dispensadores de café.

–Hola, Hank.

–Buenos días, Hannah.

–¿Qué te apetece hoy?

–Un capuchino y una de esas galletas de mantequilla y pepitas de chocolate.

–Hecho.

–Y una cosa más.

–¿Sí? –preguntó Hannah expectante.

–¿Puedes preguntarle a Callie si tiene un momento para hablar?

Hannah se detuvo un segundo antes de responder.

–Claro.

Callie notó decepción en la respuesta de Hannah. Su amiga era una mujer divertida, buena y preciosa, así que no entendía por qué Hank no veía el potencial que tenían los dos como pareja.

–¿Callie?

–¿Sí? –respondió Callie fingiendo no haber oído la conversación.

–El alcalde quiere hablar contigo.

–Claro –se lavó las manos y se las secó con un paño mientras se dirigía a la zona del mostrador a la que se había apartado Hank.

–No te voy a pedir que nos sentemos.

–Hoy estamos muy ocupados –dijo aliviada. Prefería mantener las distancias con Hank porque no quería involucrarse más en los asuntos políticos de la ciudad.

–Solo quería dejar claro que anoche simplemente pretendía ser amable. Me temo que Deacon Holt malinterpretó mis intenciones y no quiero que tú pienses mal de mí.

–No pienso mal de ti –dijo, convencida de que Hank solo había pretendido ser amable con un potencial inversor.

–Me alegra mucho oírlo. ¿Irás a la reunión del jueves?

Ojalá se la pudiese saltar, pero su conciencia no le permitía dejar de asistir a las reuniones ahora que había conseguido el permiso.

–Allí estaré.

–Bien. Se está hablando de poner una rosaleda y una fuente en Bay Street.

–¿Y se cortaría el tráfico por ahí?

–Se desviaría a Balsam Crescent.

–Pero… –de pronto la invadió el pánico–. ¿De quién ha sido la idea?

Cortar el tráfico por Bay Street haría que Downright Sweet perdiera un alto porcentaje del negocio que le generaban los turistas.

–Voy a estudiarlo y te mantendré al corriente.

–Sí, por favor.

Hannah los interrumpió.

–Tu pedido está listo, Hank.

–Muchas gracias, Hannah. Eres un tesoro –le dijo, volviendo a lucir su sonrisa pública.

Hannah pareció complacida por el cumplido mientras que Callie seguía intentando asimilar la noticia. Contaba con las ventas que generaba el flujo de turistas. Sus clientes de la zona eran un fuerte soporte, pero la pastelería no podría sobrevivir sin el dinero que le reportaban los turistas en verano y que compensaba la bajada del negocio en invierno.

Frederick no se había hecho un seguro de vida porque su condición médica encarecía demasiado las primas y se habían gastado todo lo que tenían en la casa y la pastelería.

En una ocasión él le había dicho que antes de conocerse había donado una parte importante de su dinero a obras benéficas y que se arrepentía de esa decisión, ya

61

que lo había hecho porque nunca había imaginado que pudiese llegar a tener una familia a la que mantener. Pero lo hecho, hecho estaba, y ahora necesitaba que la pastelería resultase rentable para poder costear los gastos del día a día y la educación de sus hijos.

–¿Qué pasa? ¿Qué quería Hank?

–Es por el comité –dijo, sin querer preocupar a Hannah–. Tienen una ideas muy raras.

–Eso es porque todos son ancianos con pérdidas de memoria. Bueno, menos Hank y tú.

–Está claro que voy a tener que seguir asistiendo a esas reuniones.

Si las decisiones del comité empezaban a perjudicar a los negocios de la ciudad, todo el mundo saldría perdiendo.

–A lo mejor Deacon te acompaña.

–A lo mejor.

Sin duda, serían mucho más divertidas si Deacon iba con ella, y a lo mejor incluso él podría aportar algo de sentido común porque, si se estaba planteando vivir allí, querría el bien general para toda la ciudad. Tal vez se aliara con ella.

–Y después de la reunión… –comenzó a insinuar Hannah.

–Solo piensas en eso.

–Y tú también deberías hacerlo. Estás saliendo con un tío bueno y tienes que tener disparados tus niveles de necesidad sexual.

–¡Hannah! –ella no estaba obsesionada con el sexo, aunque tal vez sí un poco con Deacon. Le gustaría tener relaciones con él y pensaba mucho en ello, pero no pensaba únicamente en ello.

También pensaba en otras cosas. Un poco. A veces.

***

Deacon aceptó la videoconferencia de Tyrell. Estaba en su suite del hotel.

—Necesito que me pongas al día —dijo Tyrell sin preámbulos.

—Estoy aquí. La he conocido. Estoy haciendo progresos.

—¿De qué clase?

—La estoy conociendo.

—He oído que habéis tenido una cita.

—¿Me estás espiando?

—Por supuesto que te estoy espiando. No me fío de ti y necesito saber qué está pasando.

—Pues entonces pregunta a tus espías.

—Mis espías no estuvieron presentes en la cita y no están dentro de su casa. ¿Qué pasa con el alcalde?

—No lo sé exactamente. Está claro que está interesado en Callie, pero no estoy seguro de que ella lo esté en él.

—Haz que se interese por ti.

—¡Lo estoy intentando! Y creo que lo estoy haciendo bien.

—Has visto a mis nietos —afirmó Tyrell.

—Un par de veces. No sé si has visto alguna foto…

—He visto fotos.

—Entonces sabes que son la versión 2.0 de Aaron y Beau.

Tyrell esbozó una sincera sonrisa que Deacon dudaba haber visto nunca.

—¿Qué me puedes decir del fondo fiduciario de Frederick? ¿Cuánto dinero había?

–Lo suficiente. Millones. ¿Por qué?

–Porque Callie no se comporta como una mujer con dinero.

–Pues lo tiene.

–¿Y por qué no quiere que yo sepa que tiene dinero?

–¿Lo has estropeado todo? ¿Cree que eres un caza-fortunas?

–No he estropeado nada. He hecho todo lo posible por demostrarle que yo sí tengo dinero, así que es imposible que piense que lo necesito. ¿Y dices que tiene millones? –preguntó al pensar en el horno de segunda mano. No tenía sentido–. ¿Crees que está haciendo el papel de damisela en apuros?

–Sí. Así que ve a rescatarla, Deacon. No pierdas el tiempo. ¡Y quítate de en medio a ese alcalde!

–Estoy en ello.

–Pues esfuérzate más. Mi gente me dice que ahora mismo está con él.

–¿Qué? –miró el reloj. Solo eran las cinco y cuarto y los lunes no se marchaba de la pastelería hasta las seis y media.

–Acaban de salir juntos de la pastelería.

–Voy –colgó, agarró la cartera y el teléfono y salió del hotel.

Fue caminando y no tardó en encontrarlos. Los observó oculto tras un roble. Estaban en la terraza de una cafetería cercana, sentados muy juntos. Ella parecía disgustada por algo y Hank parecía estar consolándola. Le agarró la mano. Callie asintió y Hank sonrió, y en ese momento Deacon sintió ganas de darle un puñetazo, lo cual resultaba peligroso. Debía sentir frustración por la competencia del alcalde, pero no celos. No debería afectarlo emocionalmente. Callie era un medio para

64

conseguir lo que quería y lo que él debía hacer era, con frialdad y evitando cualquier apasionamiento, atraer su atención y desviarla del alcalde. Hiciese lo que hiciese Hank, él podría hacerlo mejor.

Sacó el teléfono y marcó el número de Tyrell.

–¿Sí? –contestó Tyrell con brusquedad.

–Soy Deacon.

–Ya lo sé. ¿Qué pasa?

–Necesito que Callie crea que en mi futuro existe la posibilidad de emprender una carrera política influyente. ¿A quién conoces que pueda ayudarme?

–A todo el mundo.

–Bien. ¿Y en quién confías?

–En el senador Cathers.

–¿En serio? –el senador Cathers era el senador de Virginia.

–Mañana participará en un evento de la Cámara de Comercio en Richmond y haré que mencione tu nombre. Asegúrate de que ella se entere.

–Vale, entendido.

–Bien.

Volvió a mirar a Callie y a Hank. Su instinto le decía que se acercara a la mesa y los separara, pero tenía que ser inteligente, tenía que ser metódico. Tenía que hacer que ella se acercase a él por voluntad propia.

Capítulo Cinco

Callie salió de la reunión del comité tremendamente furiosa.

–Callie, espera.

Ignoró la voz de Hank y siguió andando.

–Para –él le agarró el brazo.

–Suéltame.

–Escucha un minuto.

–¿Que escuche? Ya he escuchado. He escuchado ahí dentro mientras nos arrojabas a los leones a mi pastelería y a mí. No te he pedido nada, pero me prometiste que me apoyarías.

–Nada de lo que hubiese dicho les habría hecho cambiar de opinión.

–Ni siquiera lo has intentado. Más bien directamente te has puesto del otro lado.

–Solo ha sido una primera ronda de valoraciones.

–No, Hank. No hay nadie de mi parte. A todo el mundo le encanta la propuesta de la rosaleda. Bonito PowerPoint, por cierto.

–Te estás poniendo muy nerviosa.

–No. ¡Me estoy poniendo furiosa!

–Por favor, cálmate.

–Me marcho –dijo mirando fijamente a la mano que le agarraba el brazo.

Él se lo soltó, pero le agarró la mano.

–Sé lo que necesitas. Sé cómo ayudarte.

¿Por qué insistía en tocarla tanto? Resultaba muy molesto.

–Pues no me has ayudado.

–Esto va a sonar un poco atrevido, pero creo que nos podemos ayudar el uno al otro.

Quería apartarse de él. Por mucho que le hubiese dicho Frederick, ser amable con el alcalde no la estaba ayudando nada.

–Eres una mujer increíblemente bella, Callie.

–¿Qué tiene eso qué ver…? –preguntó sorprendida.

–Eres una mujer maravillosa y tus hijos son fantásticos.

Lo miró nerviosa. ¿Estaba amenazando a sus hijos?

Él se le acercó un poco más y bajó la voz.

–Tú y yo, Callie, deberíamos pensar seriamente en formar equipo.

–¿Qué quieres decir?

–Estoy diciendo que me siento atraído por ti. Mucho.

Ella siempre lo había considerado un hombre apuesto, pero nunca había pensado en él de un modo romántico.

–Tú, yo, una familia perfecta… Piensa en las posibilidades.

¡Adiós al consejo de Frederick! Tiró con fuerza y se soltó la mano de la de Hank.

–Nadie lo sabe aún –se apresuró a decir él–, pero en las próximas elecciones me voy a presentar a gobernador. Tengo decenas de partidarios muy bien situados. Nuestro futuro sería…

–No puedo.

¿Qué había hecho para hacerle pensar que la convencerían sus aspiraciones políticas?

–¿Es por la diferencia de edad?

–Sí –le pareció la respuesta más sencilla, aunque los motivos eran muchos más.

–Sé que nos separan unos cuantos años, pero es algo habitual.

–Hank, por favor, para. Lo siento.

–Eres una mujer práctica, Callie. Le viste sentido a casarte con Frederick cuando lo necesitaste y ahora tiene sentido que te cases conmigo.

No había comparación entre Hank y Frederick. ¡En absoluto!

–Eso no va a pasar, Hank.

Él endureció la mirada, parecía que se le estaba agotando la paciencia.

–Ni siquiera te has parado a pensarlo.

Ella no sabía qué decir para no empeorar la situación.

–La rosaleda desaparecería de tu camino –dijo Hank con voz grave y chasqueando los dedos–. Así. Sin más. Fuera. Puedo hacerlo. Puedo solucionarlo.

–¿Crees que me casaría contigo solo por eso? –la idea era ridícula y repugnante.

–No es solo por la rosaleda. Eso es una nimiedad. Me refiero a la mansión del gobernador, Callie.

Ella dio un paso atrás. ¡Como si hubiese una casa en el mundo que pudiese tentarla a casarse con él!

–Soy mucho mejor como aliado que como adversario –añadió Hank con una expresión oscura.

A Callie la recorrió un escalofrío y, pensando que debía probar otra táctica, se obligó a suavizar el tono.

–Hank, me halagas, pero tienes que entender que es todo muy repentino.

Esas palabras parecieron aplacarlo un poco.

–Es verdad. Tienes que pensarlo. Lo entiendo.

–Me lo pensaré.

Quería apaciguarlo de momento, acabar con esa conversación y marcharse a casa con sus hijos.

Por suerte, tres personas se acercaron a ellos en el porche y Callie aprovechó la distracción.

–Buenas noches, Hank.

Bajó las escaleras y caminó con paso ligero, conteniendo las ganas de salir corriendo.

Cuando se había alejado unos metros, una voz la llamó desde la otra calle. Era Deacon.

–¿Dónde está el fuego? –le preguntó al verla tan agitada y con la respiración entrecortada.

–Te has perdido la reunión –le respondió ella obligándose a recomponerse y calmarse.

–Esperaba poder llegar a la última parte. ¿Qué tal ha ido?

–No muy bien.

–¿No? ¿Qué ha pasado?

Callie abrió la boca pero vaciló. No estaba segura de cuánto contarle.

Ver a Callie le había levantado el ánimo de inmediato. Esa mujer tenía energía. Brillaba. El aire parecía más ligero a su alrededor y el mundo, un lugar más interesante.

Si le había pasado algo, quería ayudarla.

–Cuéntame.

–A todo el mundo le encanta la idea de la rosaleda.

Deacon sabía que supondría un gran problema para Callie.

–¿Y Lawrence qué dice? –por lo que a él respectaba, el hombre le debía lealtad a Callie. ¿Acaso hoy en día con dos mil dólares no bastaba para comprar la buena voluntad de alguien?

–Lawrence y Hank han preparado juntos un Power-Point que ha encandilado a todos.

–Lo siento mucho –impulsivamente, le agarró la mano mientras caminaban por un lateral del parque. Le hacía sentirse bien. Se sentía conectado a ella.

–Aún no han votado, pero si lo hubiesen hecho, el resultado habría sido uno contra siete.

–¿Y qué piensas hacer ahora?

Y al ver su gesto afligido, añadió:

–¿Ha pasado algo más?

–No. No exactamente. No sé qué hacer. Lo único que quiero es regentar una sencilla pastelería. No quiero verme involucrada en intrigas políticas. No quiero favores ni tácticas de ningún tipo. ¿Es tanto pedir?

–No.

¡Qué preciosa estaba bajo la luz de la luna! Le apartó el pelo de la cara.

–¿Cómo puedo ayudarte?

–Me estás escuchando mientras me quejo. Eso ya es una ayuda.

–Me alegro, pero no lo veo muy práctico.

–Hank se ha ofrecido a ayudarme.

A Deacon se le erizó el vello. No quería a Hank cerca de Callie.

–Pero esta noche no me ha ayudado en nada, eso te lo aseguro.

Deacon quería saber más, pero también quería obviar el tema de Hank.

–¿Y si haces un donativo? –con todo lo que había ahora en juego, tal vez por fin Callie reconocía tener dinero.

–No me lo puedo permitir y tampoco pienso pedir un préstamo para sobornar a un político. Es repugnante, ¿verdad?

Deacon sabía que Callie estaba mintiendo sobre el dinero y que podía estar fingiendo también ser una persona con ética. Parecía completamente sincera, pero él tenía que andarse con cuidado.

–¿Puedo hacerte una pregunta?

–Puedes –respondió ella después de vacilar un instante.

–Es sobre Frederick.

–No me importa hablar de Frederick.

–¿Estabas enamorada de él?

Callie le soltó la mano y él maldijo para sí. Caminaron en silencio unos minutos y giraron en una calle residencial. Estaba a punto de disculparse cuando ella respondió:

–Era complicado. Yo era joven y había sufrido mucho. Venía de una familia disfuncional. Mi madre murió y me quedé sola en el mundo, sin nada. Ya había dejado el instituto. Frederick fue muy bueno conmigo y quería tener hijos. Y yo... bueno... quería seguridad. Ambos queríamos algo que el otro no nos podía dar. Frederick era un hombre decente. Lo respetaba y lo apreciaba.

Callie hizo que sonase honrado casarse con un discapacitado por su dinero a cambio de darle hijos.

–No me arrepiento.

¡Cómo iba a arrepentirse!, pensó él con cinismo. Tenía dos hijos a los que claramente adoraba, todo el dinero de Frederick y era libre de embarcarse en una nueva relación y mejorar aún más su situación. Pero a Deacon eso no debería importarle y, además, su actitud pragmática a él le beneficiaba. Lo único que tenía que hacer era asegurarse de ser el siguiente marido en su lista.

—Lo entiendo.

—¿Sí?

Le agarró las manos, satisfecho por fingir que se estaba creyendo la imagen que ella estaba proyectando.

—Eres buena y generosa. Eres leal. Un dechado de virtudes —en realidad, no le costó pronunciar esas palabras. Las creía.

—Eso es ridículo —dijo ella sonriendo—. Deberías ver lo que se me pasa por la cabeza.

—Me gustaría. Me encantaría oír tus pensamientos más profundos.

Eso no era lo único que le encantaría hacer, pensó mirándola a los labios.

—Deacon —ella suspiró con los ojos entrecerrados.

Él le acarició la mejilla, se inclinó y la besó. De pronto no le importó quién estaba fingiendo y quién hacía un papel. Lo único que le importaba era el sabor de Callie.

—Pasa —le susurró ella contra los labios.

Tardó un momento en darse cuenta de que estaban en la puerta de su casa.

—¿Estás segura?

—Estoy segura.

Cuando entraron, Pam se despidió y se marchó.

—Ya le han quitado las muletas —observó Deacon.

—El esguince se le está curando muy rápidamente.

—Qué bien —como no podía resistirse a tocarla, le rozó el hombro.

La tela de su sencilla camiseta era fina, y él sintió la calidez de su piel en sus dedos.

–¿Quieres beber algo? –preguntó Callie con un ligero temblor en la voz.

–Lo que vayas a tomar tú –la besó en la mejilla.

–Creo que te voy a tomar a ti.

En ese momento, el mundo desapareció para Deacon y la pasión arrasó con todo.

–Eres increíble –susurró al llevarla a sus brazos. La besó y su sabor le llenó los sentidos.

Deslizó las manos por su espalda deleitándose en la esbeltez de su cuerpo, en el recodo de su cintura y en la curva de sus caderas y sus nalgas.

La agarró con fuerza mientras su excitación iba en aumento.

Ella gimió en respuesta y el sonido vibró contra sus labios. Le temblaban las manos.

–Arriba –susurró Callie.

Deacon la levantó en brazos y fue hacia la escalera.

–Al final del pasillo.

Caminó todo lo deprisa que pudo y en pocos segundos ya estaban cruzando las puertas dobles que conducían a un dormitorio con tonos crema, una chimenea y una enorme cama con dosel.

Lo consumía la impaciencia. La dejó en el suelo y con manos temblorosas le rodeó la cara. La besó con ternura y se obligó a ir despacio y con delicadeza. Era la primera vez para Callie.

Ella intentaba desabrocharle los botones de la camisa, pero también le temblaban las manos.

–¿Estás bien –le preguntó, temiendo haberla asustado.

–¿Um? –Callie lo miró. Sus ojos verdes azulados brillaban bajo la tenue luz.

–Te tiemblan las manos. ¿Tienes miedo?

73

–¿Qué? No. No. No sé qué tengo, pero, por favor, ¿podrías quitarte la ropa?

–Sí, señora.

Prácticamente se arrancó los botones mientras ella se quitó la camiseta y dejó a la vista un sujetador de encaje blanco. Era irresistible. Después, Callie se quitó los pantalones y se quedó frente a él con unas braguitas igual de tentadoras, finas y de encaje, minúsculas y algo transparentes.

–¿Deacon?

–¿Sí?

–Llevas demasiada ropa encima.

–Estoy aturdido –la llevó hacia sí y la sintió fundirse con su cuerpo–. Tienes una belleza increíble.

–Puede que tú también –le respondió bajándole la camisa por los hombros–, aunque aún no lo sé.

Él se rio y siguió desnudándose hasta quedarse en calzoncillos.

–Estás muy bien –le dijo Callie mirándolo y acariciándole el pecho.

Sus dedos encendieron llamas de pasión por su piel. Cerró los ojos; la excitación lo devoraba. Ella fue bajando la mano más y más hasta que él la detuvo.

–Cálmate, ve despacio. O mejor dicho, cálmame a mí.

La rodeó por la cintura con un brazo y con la otra mano le cubrió un pecho.

Ella gimió y cuando él la besó, lo recibió con su lengua.

Deacon le desabrochó el sujetador, lo apartó y tomó su pezón entre sus dedos mientras veía con satisfacción cómo Callie echaba la cabeza atrás, cerraba los ojos y abría la boca.

Con delicadeza la tendió en la cama y se tumbó a su lado. Con las manos y los labios la besó y la acarició, encontrando sus puntos sensibles, haciendo todo lo posible por llevarla hasta un nivel de excitación perfecto.

Ella lo acariciaba también, explorando su cuerpo, poniendo a prueba su concentración y su resolución. Y cuando lo rodeó con la mano y él supo que estaba llegando a su límite, la tumbó boca arriba.

–¿Ahora?

Callie asintió.

Rápidamente, se puso un preservativo. Callie lo rodeó con las piernas y él se adentró en su interior, haciendo de los dos una fusión perfecta. De pronto, ella abrió los ojos de par en par, se le encendieron las mejillas y sus labios formaron un perfecto «oh».

–¿Bien? –le preguntó, deleitado por la expresión de su cara.

–Oh, Deacon.

–Lo sé –volvió a cubrirle un pecho y a acariciarle el pezón.

Se retiraba y volvía a entrar en ella, una y otra vez. Callie se aferró a sus hombros.

–¿Qué? ¿Qué hago…?

–Nada. Eres perfecta. Eres increíble. Eres maravillosa. Tú solo déjate llevar –la besó con intensidad y se hundió más en ella mientras sentía su cuerpo, escuchaba sus sonidos y comprobaba qué la hacía sentir mejor.

Sus gemidos entrecortados le iban guiando. Aumentó el ritmo, cada vez con más fuerza. Unas insistentes oleadas de placer le recorrían el abdomen. Perdió el control, perdió la cabeza.

Y entonces ella gritó su nombre y él se dejó arrastrar; una ola, y otra, y otra más, de infinito placer envolviéndolo.

Cuando volvió a la tierra, Callie jadeaba contra su oído.

—¿Estás bien?

—¡Guau!

—¿Ese «guau» es bueno?

—Guau. Así que a esto se refería la gente.

Deacon intentó no reírse. La expresión de Callie era increíble, entrañable y divertida al mismo tiempo. La llevó sobre su cuerpo, envolviéndose con ella y deseando no tener que soltarla nunca.

No sabía qué decir. No encontraba palabras. Se limitó a acariciarle el pelo y a susurrar su nombre mientras el cuerpo de Callie se relajaba sobre el suyo.

Callie se despertó sola, en mitad de la cama y envuelta en una colcha.

La apartó decepcionada por que Deacon se hubiese marchado mientras dormía. La noche había sido mágica. Él se había mostrado apasionado, atento e increíblemente sexy. Jamás lamentaría haber hecho el amor con él.

Miró el reloj e, impactada, vio que eran casi las nueve. Los niños nunca dormían hasta tan tarde.

Se incorporó, preocupada por que hubiese pasado algo, pero entonces oyó sus voces. Ethan se reía mientras James gritaba. Y después oyó otra voz. Deacon. No se había ido. ¡Se había levantado con los niños y la había dejado dormir! ¿Podía ser más perfecto?

Se lavó los dientes, se puso un chándal y una camiseta y bajó las escaleras.

Las voces venían de la cocina, donde encontró a James subido a un taburete, a Ethan en una silla y a Deacon sujetando una espátula. La encimera era un caos de cuencos y utensilios.

–Deacon está haciendo tortitas con forma de coches de carrera –dijo James al verla.

–Buenos días –le dijo Deacon con una sonrisa.

–Buenos días. Huele bien.

–Son de plátano –apuntó James.

–*Y sidope* –añadió Ethan con tono cantarín.

–Sacaré unos platos –dijo Callie–. ¿Puedes sacar tú los cubiertos, James?

Callie se fijó en que Deacon estaba utilizando un fuego del fondo y que la posición de la silla de Ethan hacía imposible que el niño alcanzara la superficie caliente. ¡Más puntos para Deacon!

Mientras James colocaba minuciosamente los cubiertos, puso cuatro platos en la mesa y encendió la cafetera.

–Espero que no estemos entreteniéndote –le dijo a Deacon.

La agarró del brazo, la acercó a sí y respondió en bajo:

–No hay ningún otro lugar donde me gustaría más estar.

Y tras asegurarse de que los niños no estaban mirando, le dio un tierno beso. Ella sonrió.

–¡Las tortitas uno y dos están listas para comer! –anunció a los niños.

James emitió el sonido de un motor y corrió a la mesa, y Deacon hizo lo mismo mientras llevaba a Ethan a la mesa y lo sentaba en una trona.

Les sirvió a cada uno una tortita con forma de coche. Eran impresionantes.

–¿Dónde has aprendido a hacer eso? –le preguntó Callie.

–Mi madre era muy creativa.

–Ya veo –respondió ella untando mantequilla y echando un toque de sirope en la de Ethan.

–¿Alguna sugerencia? ¿Tú de qué forma la quieres?

–A mí me vale con una redonda –respondió mientras partía la de Ethan en cuatro trozos.

–¿Quieres una naranja, una pelota de playa o la luna? Vas a tener que ser más específica.

–¡Pídete la luna, mamá! ¡Pídete la luna! –gritó James.

–Me pido la luna –respondió ella riéndose.

–¡Marchando una luna!

–¿Y tú qué vas a tomar? Debes de estar hambriento –le dijo al acercarse a él.

–Lo estoy. Lo de anoche me abrió el apetito.

–Ya –respondió ella sonrojada.

–No me digas que ahora te va a dar vergüenza.

–Un poco.

–Deberías sentirte genial. Yo me siento genial. Eres increíble.

–Tú sí que eres increíble.

–¿Hay alguna posibilidad de que te puedas tomar el día libre?

Ella vaciló.

–Se me ha ocurrido que podríamos llevar a los niños a la playa –y dándole un empujoncito juguetón con la cadera, añadió–: No me refería a hacer «lo otro».

–Lo sé.

–Pero no me malinterpretes. Lo repetiría ahora mismo.

–¡*Mamá, sumo!* –gritó Ethan.

–Yo también –le respondió a Deacon al oído antes de servir el zumo de naranja.

Deacon llevó el resto de tortitas a la mesa.

–¿Alguien quiere ir a la playa? –preguntó Callie a los niños. Estaba segura de que a Hannah no le importaría ocuparse de la pastelería.

–¡*Piaya*! –gritó Ethan.

–¿Podemos hacer un castillo de arena? –preguntó James.

–Claro –dijo ella antes de probar la tortita. Estaba deliciosa–. ¿Tienes una receta secreta?

–Es toda tuya si la quieres.

–Sí.

–Mamá, ¿me puedo llevar el camión naranja para llenarlo de arena?

–Las ruedas se atascarán en la arena.

–Tu madre tiene razón. ¿Tenéis cubos? Soy muy fuerte y puedo cargar con cubos grandes.

–¿Podemos llevar el barreño de las burbujas? –preguntó James emocionado.

–¿El barreño de las burbujas? –preguntó Deacon.

–Es un barreño para la colada. Jugamos a hacer burbujas en el jardín, pero es muy grande.

–¡Hecho! A ver cuánto peso puedo levantar.

Capítulo Seis

Los hijos de Callie estaban ligeramente bronceados, agotados y ahora profundamente dormidos. Los miró, aún asombrado por cuánto se parecían a sus tíos, Aaron y Beau.

Le impresionaba cuánta energía habían tenido todo el día. Habían bajado un poco el ritmo alrededor de la una, pero después de media hora de sombra, unos perritos calientes e hidratación, habían vuelto a la carga. Habían construido el castillo de arena, montado en bici, jugado con las olas y buscado conchas y pececillos.

—¿Comemos algo? —le preguntó Callie cuando salieron de la habitación de los niños.

—No lo sé. ¿Tenemos hambre? —le apartó el pelo de la cara y la besó en el cuello. Llevaba horas muriéndose por hacerlo.

—¿Te quieres quedar a dormir?

—Por supuesto —no había nada que deseara más.

Le apetecía mucho quedarse en su acogedora casa, disfrutar de su compañía y cenar juntos mientras se ilusionaba con que después la tendría en sus brazos, le haría el amor y dormiría abrazado a su esbelto cuerpo.

—Puedo pedir algo a domicilio.

—Lo dejo en tus manos.

—Ahora mismo, señora.

—Recogeré los juguetes mientras tanto.

Hacer el pedido fue rápido y después, aunque prefería seguir viviendo en la fantasía y olvidarse del mundo, cumplió con su deber y abrió una página de noticias políticas de Virginia.

–Tenemos treinta minutos –le dijo, dejando la tableta en la mesita de café.

–No –dijo Callie.

–¿No qué?

–Que no vamos a desnudarnos mientras esperamos a que llegue la cena.

–¿He dicho yo eso? –preguntó Deacon, aunque tampoco le habría importado hacerlo.

–Lo veo en tus ojos.

–Ni siquiera me has mirado a los ojos –le contestó acercándose.

–Pues entonces lo noto en tu tono de voz.

–Lo único que hay en mi tono es el deseo de verte sentarte a descansar –le dijo rodeándola por la cintura.

Ella le dejó llevarla hasta el sofá.

–Estoy bien, no he tenido que cargar con tanta arena como tú. Y además llevabas a Ethan en tu bici.

–No pesa nada.

Callie se sentó en un extremo del sofá y él se fue al otro para alejarse de la tentación porque le estaba costando mucho no acariciarla y ahora tenía que centrar sus esfuerzos en impresionarla.

–¿Tienes sed? –le preguntó buscando una excusa para tocar la pantalla de la tableta–. He pedido vino, pero puedo traerte algo mientras esperamos.

–No.

–Pues a mí me apetece un poco de agua –se levantó y disimuladamente tocó la pantalla y la giró hacia ella. Después fue a la cocina–. ¿Seguro que no quieres?

–No quiero… Bueno, sí, tráeme a mí también.

Él sacó dos botellas de la nevera y cuando llegó al salón, ¡bingo!, Callie estaba leyendo el artículo que había dejado abierto con su nombre aumentado.

–¿Qué es esto?

–¿Qué?

–Habla de ti.

–¿De mí? ¿En serio? –fingió sorpresa–. He debido de escribir mi nombre en una casilla equivocada. ¿Es el pícnic de Transportes Mobi? Triunfé en el lanzamiento de aros.

–No. El senador Cathers ha estado hablando de ti.

Aún fingiendo estar confuso, agarró la tableta.

–¿Cuándo?

–En algún evento la semana pasada.

–Qué vergüenza. Le dije que no lo hiciera.

–¿Es verdad? ¿Vas a meterte en política? –no parecía especialmente contenta con la idea.

–No. Bueno, a lo mejor algún día.

–¿Por el poder y la influencia?

–Para ayudar a mis conciudadanos de Virginia. Hay mucho por hacer.

–¿Seguro que no es por el poder y la influencia?

–Eso no me importa lo más mínimo. ¿Por qué te muestras tan escéptica?

–No sé.

–¿Por qué? –insistió. Quería saber qué se le pasaba por la cabeza.

–Parece que a Hank Watkins sí que le funciona su posición. Dice que puede eliminar el problema de la rosaleda.

–¿Se ha ofrecido a solucionarte el problema?

–Sí.

–¿Y has aceptado su ayuda?

–¡No!

–Bien. Volveré a hacer un donativo al comité –y esta vez se aseguraría de que fuera lo suficientemente cuantioso como para que Lawrence se mantuviese leal.

–No. Es como un soborno.

–No es un soborno. Es más bien un modo de conseguir un poco de influencia.

–Acabas de decir que no te importan ni el poder ni la influencia.

–Y no me importan –lo único que le importaba era ayudar a Callie y anular a Hank–. No soy político, Callie.

–Aún no.

–Tal vez nunca.

En ese momento sonó el timbre.

Ella se levantó y él la siguió.

–Yo abro –dijo, y dándole la mano añadió–: Lo siento.

–Yo también –respondió Callie con los ojos vidriosos.

–No haré más donativos.

–Gracias.

–¿Quieres que me vaya?

Callie vaciló pero después sacudió la cabeza lentamente.

–Quédate.

Deacon sintió cómo se le quitaba un enorme peso de encima.

Había pasado casi una semana desde que Hank le había mostrado su verdadera cara y Callie debía contarle la verdad a Hannah. El último empleado acababa de irse a casa y ahora en la pastelería solo estaban las dos.

–Deberías irte a casa con los niños –le propuso Hannah mientras hacía las cuentas de la caja del día.

Callie acercó una silla a la pequeña mesa redonda de la oficina.

–Llevo unos días queriendo decirte algo.

–¿Sobre un turista que está como un tren y que te mira como si estuviese loco de amor por ti? –le preguntó Hannah sonriendo.

–Se trata de Hank.

–¿Pasa algo? Hace días que no viene por aquí.

–Lo vi el jueves pasado en el comité y no te dije nada entonces, pero lo cierto es que no me apoyó con el asunto de la rosaleda.

–Lo siento. A lo mejor tenía sus motivos.

–¿Te gusta mucho, verdad?

–A todo el mundo le gusta. Es un tipo genial.

–En realidad… puede que no sea tan genial.

–¿Solo porque está a favor de la rosaleda?

–Admito que eso me enfadó, pero después… dijo algo, Hannah. Lo siento mucho, pero… me pidió matrimonio.

Hannah se quedó boquiabierta.

Ahora que había roto el hielo, quería contárselo todo.

–Me dijo que se sentía atraído por mí, que podríamos formar una familia perfecta y que si accedía a estar con él, la rosaleda y todos mis problemas desaparecerían.

Hannah tragó saliva.

–¿Y qué le dijiste?

–Le dije que no.

–De acuerdo.

–No me interesa Hank –el único hombre que le interesaba era Deacon.

84

No quería insultar a Hannah diciéndole lo que de verdad pensaba de Hank; lo único que quería era que su amiga dejase de hacerse ilusiones con él. Ese hombre no le convenía.

—Supongo que me he equivocado con él, ¿no? Pero bueno, ¿qué me iba a esperar? Los buenos siempre van detrás de las más jóvenes.

Callie le agarró la mano.

—Eso no siempre es verdad. Y Hank no es de los buenos.

—Es absolutamente normal que se sienta atraído por ti y no por mí. Mírate. Eres extraordinaria.

—No soy extraordinaria. Soy completamente ordinaria. Y a Hank le interesaba más cómo quedaríamos los cuatro como familia para su carrera política que yo personalmente. Ni siquiera me conoce.

—Bueno, pues yo sí —dijo Hannah con convicción—. Y eres increíble.

—Tú también. Y eres preciosa. Y cualquier hombre sería afortunado de poder salir contigo. Pero Hank no es para ti. Eres demasiado buena para él.

—Hank no parece verlo así.

—Hank es un idiota.

A Hannah se le humedecieron los ojos.

—La idiota soy yo por pensar que tenía posibilidades.

Callie le apretó la mano. No sabía qué decir.

—Deberías irte a casa. James y Ethan te estarán esperando.

—Ojalá esto no hubiese pasado.

—Bueno, me alegro de que haya pasado. No tiene sentido que una mujer mayor como yo vaya detrás de alguien que ni siquiera se ha fijado en ella.

—No eres mayor y pronto encontrarás a otro hombre

que te guste. Casi es junio y la ciudad se llenará de turistas y nuevos clientes cruzarán esta puerta a diario. Y si Transportes Mobi abre aquí una sucursal, la ciudad se llenará de solteros.

–Qué optimista eres –dijo Hannah sonriendo.

–No mucho –más bien era pesimista.

Antes de conocer a Frederick su vida había sido una sucesión de desastres y decepciones. Simplemente había aprendido a seguir adelante pasara lo que pasara. Una persona se podía llevar muchos golpes y levantarse a pesar de todo.

Hannah siguió contando el dinero de la caja.

–Estaré bien. Gracias por contármelo.

–¿Quieres que vayamos a tomar algo? Podríamos cenar juntas –Callie tenía pensado quedar con Deacon por sexta noche consecutiva, pero estaba segura de que él lo entendería si lo cancelaba.

–No, gracias. ¿Te importa si me llevo a casa un par de *cupcakes* Red Velvet?

–Llévate todos los que necesites.

–No hay nada que un poco de crema de mantequilla no pueda solucionar. Hasta mañana.

–Si estás segura…

–Estoy segura.

Callie recibió un mensaje en el móvil.

–Debe de ser tu tío bueno.

Efectivamente, era Deacon. El mensaje decía que estaba esperando fuera.

–Ve a hacer algo salvaje.

–¿Algo salvaje?

–Mañana me cuentas.

–Si es lo que quieres, te lo contaré con mucho gusto.

Salió de la pastelería contenta de ver a Deacon.

–¿Qué pasa? –le preguntó él al verla.

–Un día largo –forzó una sonrisa–. Me alegro de que estés aquí.

–Yo también me alegro de estar aquí –le respondió echándole un brazo por los hombros–. Estás tensa. Dime qué pasa.

–Le he contado a Hannah lo de Hank.

–¿Lo de Hank?

–Lo de la reunión del jueves. Le gusta desde hace un tiempo y después de lo que me dijo…

–¿Sobre lo de la rosaleda?

–En parte. También… también me pidió matrimonio… más o menos.

Deacon retrocedió furioso.

–¿Qué?

–No lo dijo tan descaradamente, pero me sugirió que tuviésemos una relación. Al parecer, piensa que sería positivo para su carrera política y a su vez usaría su poder para solucionar mis problemas.

–¿Qué le dijiste?

La pregunta la sorprendió.

–Que ni siquiera me lo plantearía.

–¿Con esas palabras exactas?

–Sí. Bueno, al principio, aunque puede que después le dejara caer que me lo pensaría. Pero…

–¿Y te lo estás pensando?

–Fue una treta para cortar la conversación.

–¿Y él cree que sigues pensándotelo?

–Eso da igual porque no me lo estoy pensando.

–No lo hagas.

–No lo haré.

–Bien.

–Deacon, ¿estás enfadado?

Parecía muy enfadado.

—No.

—No has sido muy convincente.

Él le agarró la mano y empezaron a pasear.

—No soporto a Hank.

—Yo pensaba que era un tipo decente.

—Pues no lo es.

—Ahora ya lo sé.

—No deberías… —Deacon se pasó la mano por el pelo—. ¿Sabes? No vamos a hablar más de él. ¿Nos vamos a casa con los niños?

A ella le gustó cómo sonó la propuesta. Fue todo un alivio.

—Sí. Nos vamos a casa con los niños.

Sabía que tenía que acelerar su plan. El alcalde iba a usar todo lo que estuviera en su poder para ganarse a Callie, y aunque a ella no le gustase Hank particularmente, Deacon no podía estar seguro de qué factores tendría en cuenta a la hora de tomar una decisión. No se podía permitir esperar a que Hank moviese ficha.

Aunque era demasiado pronto, tres días después estaba entrando en una joyería.

—¿En qué puedo ayudarle, señor? —le dijo una mujer de unos treinta tantos años impecablemente vestida.

—Necesito algo fantástico. Un anillo de compromiso.

—Pues entonces ha venido al lugar adecuado —le respondió la mujer con una cálida sonrisa—. ¿Prefiere un estilo tradicional o moderno?

—Prefiero algo fantástico.

La mujer sonrió ampliamente.

—¿Y tiene en mente algún rango de precio?

–No. Si es el anillo perfecto, el precio no importa.

–De acuerdo. Le voy a enseñar lo que tenemos en la vitrina «fantástica».

La broma de la mujer le hizo sonreír y relajarse.

–Sí, por favor.

La mujer seleccionó tres anillos de diamantes y se los mostró detalladamente.

–Si yo le pidiera que se casara conmigo, ¿qué anillo querría usted que le comprara?

–Tengo algunos favoritos. ¿Qué intenta decirle con el anillo además de pedirle matrimonio?

–Que soy la mejor elección y que cuidaré de ella y de sus hijos para siempre –la respuesta salió de su boca sin ni siquiera pensarla.

–Aah –exclamó la mujer con una brillante mirada–. Pues entonces conozco el anillo perfecto.

Abrió otra vitrina.

–Es nuestra mejor pieza –dijo con un tono casi reverente mientras le mostraba el anillo–. Es moderno pero atemporal. Yo me casaría con usted si me lo regalara.

–Vendido –dijo Deacon riéndose.

–¿En serio? ¿Quiere saber el precio?

Él sacó la tarjeta de crédito.

–No especialmente.

–Sin duda me casaría con usted. Si ella le dice que no, recuérdelo.

Deacon sonrió ante la broma, pero por dentro lo devoraron los nervios. Callie podía decirle que no. Podía decírselo perfectamente.

La mujer efectuó la venta y envolvió el anillo.

–Tiene sesenta días para cualquier devolución –dijo con delicadeza, como si hubiese captado inseguridad en su expresión.

–Para entonces ya sabré la respuesta.

–Buena suerte.

Con el anillo en el bolsillo de la camisa, sacó su coche de alquiler del aparcamiento y se incorporó al tráfico. Downright Sweet estaba a solo diez minutos y había quedado con ella para almorzar. Le parecía mejor hacerle la proposición durante una cena a la luz de las velas, pero no quería hacerlo ante la clientela de un restaurante. Podía pedírselo en casa, cuando los niños se hubieran dormido. Por otro lado, por muy relajante y acogedor que le resultaba ese salón lleno de juguetes, no le parecía un lugar especialmente romántico. La llevaría a la terraza del View Stop. Podrían pasear por el jardín y allí, entre las azaleas y los sauces, le lanzaría la pregunta.

Cuando llegó a la pastelería vio a Callie en la acera. Estaba preciosa. Llevaba el pelo suelto, una camisa blanca fina, unos pantalones oscuros entallados y unas sandalias de tacón negras de tiras que resaltaban la longitud de sus tonificadas piernas y dejaban a la vista sus bonitos pies.

–¿Has tenido un buen día? –le preguntó cuando ella subió al coche.

–Ha venido Hank.

–¿Qué? ¿Por qué?

–Yo me he quedado en la trastienda. Hannah le ha dado largas y al final se ha ido enseguida.

–Volverá –de eso estaba seguro–. Bueno, ¿vamos al View Stop?

–Perfecto.

Esa tarde había poco tráfico. Se encontraban en un cruce cuando una camioneta blanca se saltó un semáforo en rojo y avanzó en dirección a la puerta de Callie.

Intentando protegerla del impacto, Deacon giró el volante y la camioneta chocó contra la parte trasera del coche, que dio vueltas descontroladamente hasta colisionar contra un poste de la luz.

–¿Estás bien? –le preguntó–. ¿Callie? –le daba miedo tocarla.

Se quitó el cinturón y se inclinó hacia ella. De pronto empezó a llegar gente que le gritaba algo desde el otro lado de las ventanillas, pero él no oía nada.

Callie tenía los ojos cerrados y sangre en la frente.

Solo había estado inconsciente dos minutos. Intentó decirle al auxiliar de ambulancia que estaba bien, pero el hombre insistía en que se mantuviese tendida en la camilla y se relajase. Al final, cedió y cerró los ojos. No oyó la sirena y supuso que era una buena señal. La cabeza le dolía mucho, pero no era insoportable.

–Tendremos que darte puntos –le dijo el hombre–. ¿Te duele algo más? ¿Puedes mover los dedos de las manos y de los pies?

Callie hizo la comprobación. Parecía que todo funcionaba bien.

–Creo que me he hecho daño en el hombro.

–Sí. Tienes un golpe, aunque no parece que esté roto. En el hospital te harán una radiografía.

–No necesito ir al hospital. ¿Deacon está bien? ¿El conductor?

Recordaba vagamente haberle hablar en el coche y después lo había visto hablando con la policía mientras a ella se la habían llevado en la camilla.

–Solo han solicitado una ambulancia.

Callie supuso que eso era buena señal.

Sintió el cambio de temperatura al entrar en el hospital. De pronto Deacon apareció, pálido y muy serio.

–¿Callie, estás bien?

–¿Es usted el señor Clarkson? –preguntó la doctora.

–No. Soy su novio –respondió sentándose al otro lado de la cama y agarrándole la mano.

Esas palabras sorprendieron a Callie. ¿Deacon se consideraba su novio? No pudo evitar sonreír.

–Estoy bien.

–Lo siento mucho.

–No ha sido culpa tuya. Ese tipo se ha saltado un semáforo.

–Debería haberlo visto venir.

–Has girado. Si no lo hubieras hecho…

–Voy a aplicar algo de frío –dijo la doctora mientras le examinaba la frente–. Cuando termine, haremos una radiografía del hombro.

–He hablado con Hannah y he hablado con Pam. Tiene planes, pero yo iré a recoger a los niños cuando los deje en la pastelería. Puedo llevarlos a casa, a menos que quieras que los traiga aquí –se ofreció Deacon.

–No, no los traigas, no quiero asustarlos –la última vez que sus hijos habían estado en un hospital, su padre había muerto. Ethan no lo recordaría, pero James probablemente sí.

–Entonces pediré un coche para que te lleve a casa.

–Puedo pedir un taxi.

–No. Yo me encargo.

Su ofrecimiento la reconfortó. Se sentía cuidada y protegida. No pudo evitar volver a sonreír. ¡Deacon era su novio!

Capítulo Siete

Deacon terminó de contarles un cuento a los niños. Les había dicho que a su mamá le dolía la cabeza y que se iba a acostar pronto. Por suerte, no habían hecho preguntas y se habían mostrado contentos de que él se encargara de darles un baño, ponerles el pijama y meterlos en la cama.

Salió de la habitación y fue directo al dormitorio de Callie. Estaba sentada en la cama con una tableta en el regazo y un vendaje en la frente. Llevaba un bonito camisón color pastel con escote de encaje y su cabello resplandecía bajo la cálida luz de la lamparita de noche.

–Te iría bien dormir –le dijo Deacon al sentarse en el borde de la cama.

–No estoy enferma, solo me he dado un golpe.

–Cuánto me alegro de que estés bien.

Se abrazaron y ella se sintió perfecta en sus brazos.

–¿Se han dormido los niños?

–Ethan del todo y James está a punto. Les he leído el cuento del poni. Son unos niños fantásticos.

–Tengo mucha suerte –dijo Callie abrazándolo con más fuerza. De pronto se apartó al notar algo contra su pecho–. ¿Qué es eso? –preguntó señalando al bolsillo de la camisa.

Era la cajita del anillo.

Las circunstancias no eran las ideales y Deacon sabía que debía aguardar un par de días hasta que se recuperara, sabía que debía hacerlo en algún lugar más romántico, pero no podía esperar ni un segundo más. Se dejó guiar por sus emociones y sacó la caja del bolsillo.

La abrió y se quedó atónita al ver el anillo.

–Sé que puede parecer repentino, pero Callie, si algo me ha quedado claro durante estas semanas es lo que siento por ti. Estoy loco por ti. Estoy loco por tus hijos. Estamos bien juntos. Estamos hechos el uno para el otro. Podemos tener una vida maravillosa juntos.

–¿Estás…?

–Cásate conmigo, Callie. Hazme el hombre más feliz del mundo.

–Yo… ¿Cuándo…? ¿Por qué…? ¿Cómo…?

–¿Por qué? Porque eres increíble. ¿Cuándo? Creo que en el primer instante en que te vi. ¿Cómo? Bueno, una dependienta muy amable me ha ayudado a elegirlo.

–Deacon, esto es…

Estaba titubeando y él no sabía si simplemente estaría haciendo el papel de viuda ingenua o si estaría pensando que otro hombre, alguien como Hank sería mejor para ella.

–Puedo darte una vida fantástica. A ti y también a los niños. Tendréis todo lo que necesitéis.

–¿Me quieres, Deacon? –preguntó con voz suave y nerviosa.

–Perdidamente –respondió él sin atreverse a decir todas las palabras.

–Yo también te quiero.

–¿Es eso un sí?

–Sí. Es un sí –le rodeó por el cuello le abrazó.

–Espera, no quiero hacerte daño –dijo intentando ser delicado.

–No me estás haciendo daño.

Callie se apartó con un intenso brillo en la mirada y con manos temblorosas. Él le puso el anillo. Iban a casarse y la fantasía de su infancia se iba a hacer realidad. Debería haber estado emocionado. Debería haber estado encantado. Pero no era así.

–Hazme el amor, Deacon.

Él vaciló. Lo invadían sentimientos encontrados.

–No quiero hacerte daño –fue su excusa.

–No me vas a hacer daño –respondió ella quitándose el camisón.

Era preciosa. Era más que preciosa. Era perfecta.

Lo que más deseaba era tener a Callie en sus brazos y que todo fuese real.

La besó en la boca, profundamente. Le acarició un pecho y la tumbó en la cama con delicadeza.

Las palabras «te quiero» se formaron dentro de su cabeza, pero no se atrevía a ir tan lejos.

De pronto sonó su teléfono y supo que sería Tyrell. Lo desconectó sin mirar, se desnudó y se tumbó al lado de Callie. Ella le rodeó la cara con las manos.

–Los niños te adoran.

–Los cuidaré bien –se prometió a sí mismo tanto como se lo estaba prometiendo a ella.

Había creado un vínculo inesperado con sus hijos y de ahora en adelante serían su responsabilidad. Eran sus sobrinos por encima de todo y se aseguraría de cuidarlos y protegerlos para siempre.

–No me puedo creer que esto esté pasando –dijo Callie. Lo besó.

–Ni yo –respondió él con total sinceridad.

***

Ya que el proyecto de abrir una nueva sede de Transportes Mobi seguía siendo solo una idea, Deacon le había propuesto que se fueran a vivir a Hale Harbor y mantuvieran la casa de Charleston, porque irían a menudo.

Al principio, ella no se había imaginado dejando Charleston, pero Hannah se había ofrecido a ocuparse de la pastelería. Además, Deacon le había confesado que había hecho otro donativo al comité para que no instalaran la rosaleda. En un primer momento Callie se había sentido molesta por que hubiera actuado en contra de sus deseos, pero después había visto la reacción positiva de Hannah y había entendido que Deacon les había resuelto un gran problema.

Se había imaginado que celebrarían una boda pequeña, pero él había querido que fueran al juzgado a firmar los papeles. Finalmente, Callie tuvo que admitir que la idea del juzgado resultó romántica.

Y así, recién casados, habían aterrizado en el pequeño aeropuerto de Hale Harbor en un avión privado.

Hasta ese momento Callie no se había parado a pensar en la riqueza que poseía. Sabía que tenía dinero, pero no se había esperado que fuese hasta ese punto. Tal vez unos billetes en primera no la habrían extrañado, ¿pero alquilar un avión privado? De pronto, la velocidad a la que se estaba desarrollando todo empezó a producirle algo de vértigo.

Sin embargo, cuando llegaron a su casa, se sintió aliviada. Era bonita y grande pero no una mansión. Le había preocupado que tuviese sirvientes y una docena de coches de lujo. Y después, cuando les mostró la habitación de los niños, el corazón estuvo a punto de explotarle de emoción.

Exceptuando porque era más grande, las ventanas

estaban situadas en otros puntos y tenía baño, por lo demás era idéntica a su habitación de Charleston.

–Quería que se sintieran como en casa –dijo mientras los niños saltaban en la cama de James.

–¿Cómo lo has hecho? –incluso la colcha de cohetes de James y los dibujos de trenes que colgaban de las paredes eran los mismos.

–Saqué unas fotos y se las envié a mi asistenta. Es una maravilla.

–¿Tienes asistenta? –le preguntó, otra vez nerviosa.

–Viene un par de veces a la semana.

James se deslizó sobre la moqueta azul.

–No me digas que también has cambiado la moqueta –dijo Callie al ver que era prácticamente igual que la de su casa.

–Estaba muy desgastada, así que he aprovechado.

–Eres increíble.

Quería preguntarle cuánto dinero tenía exactamente para poder permitirse derrocharlo en cosas tan triviales, pero había sido un día muy largo y quería meter a los niños en la cama, así que la pregunta tendría que esperar. Cuando terminó de bañar a los pequeños, Deacon ya había deshecho el equipaje y había dejado sus pijamas en la cama, y Callie agradeció inmensamente la ayuda.

–Es precioso –le dijo ya en el dormitorio principal después de que los niños se hubiesen dormido. Era impresionante; tenía los techos altos, una zona con sillones, un baño enorme y un vestidor gigantesco.

–Fue una de las cosas que me animó a comprar la casa. Me gusta ver espacio a mi alrededor.

–¿Cuándo la compraste?

–Hace tres años. La empresa había tenido un buen año y recibimos unos beneficios muy altos.

–¿Puedo echar un vistazo?

–Puedes hacer lo que quieras.

Callie fue hacia la escalera pasando por una galería con vistas al salón de dos alturas. Al final de la escalera el vestíbulo se abría hacia una biblioteca por un lado y hacia un comedor formal por el otro. El salón tenía ventanas abovedadas que daban al jardín y conectaba con la cocina y con otro salón comedor.

–Junto al salón comedor hay un porche –Deacon encendió una luz que iluminó un jacuzzi.

–¿Es seguro el jacuzzi? –preguntó nerviosa ante la idea de que Ethan pudiera caer accidentalmente.

–Le he puesto un candado a la cubierta.

–No sé cómo preguntarte esto… Nunca hemos hablado de… ¿Cómo…? ¿Cómo eres de rico?

–Tengo suficiente para mantener a la familia.

Por lo que Callie había visto, tenía mucho más que suficiente para mantener a la familia.

–Es un poco… Esto no es lo que me esperaba exactamente.

Él se cruzó de brazos. Parecía enfadado.

–No pierdes el tiempo, ¿verdad?

Callie no entendió la respuesta.

–No puedo evitar pensar en cómo va a cambiar mi vida.

–No quería tener que hacer esto esta noche.

–¿Esto?

–Esperaba que pudiéramos tener un poco de dignidad.

–¿Dignidad?

–¿Por qué no empiezas a hablar tú? ¿Por qué escondiste el dinero de Frederick?

–¿Esconderlo dónde? –preguntó atónita.

—Creo que ya está bien de hacernos los ingenuos.

—Deacon, si quieres hablar sobre tu dinero…

—Lo que quiero es que los dos hablemos de nuestro dinero.

Callie seguía sin entender nada.

—De acuerdo…

—Bien. ¿Qué patrimonio tienes?

—¿Te refieres a la casa y a la pastelería?

—Me refiero al dinero de Frederick.

—Frederick no tenía seguro de vida.

—Me refiero al dinero de su familia.

—¿Qué dinero de su familia? ¿De qué estás hablando?

—Estoy hablando de la fortuna de la familia Clarkson.

Estaba de broma. Tenía que estar de broma.

Deacon no entendía qué podía ganar Callie al seguir fingiendo. Habían jugado el uno con el otro y los dos ya tenían lo que querían.

—Lo sé todo sobre la familia de Frederick.

—¿Qué pasa con la familia de Frederick?

—Crecí en Hale Harbor.

Ella no dijo nada. Parecía cada vez más confusa.

—Todo el mundo en Hale Harbor conoce a los Clarkson. El castillo, la empresa, su historia, su dinero.

—La familia de Frederick vive en Miami.

El comentario dejó a Deacon asombrado. O era la mejor actriz del planeta o de verdad creía lo que acababa de decir.

—Y no tienen ninguna fortuna y mucho menos un castillo.

Si Frederick había mentido a Callie, ¿adónde había ido el dinero?

—¿Eres un estafador, Deacon? ¿Pensabas que al casarte conmigo accederías a una fortuna?

–¡No!

–Me extrañó que no quisieras firmar un contrato prematrimonial. Debería haberme escuchado más –dijo dándose la vuelta.

–Callie, aquí pasa algo. Frederick te mintió.

–Eres tú quien ha mentido –le contestó con una risa histérica y siguió avanzando.

Él la alcanzó en el vestíbulo.

–Puedes divorciarte de mí e ir a buscar otra mujer rica con la que casarte.

–No quiero tu dinero.

Justo en ese momento sonó el timbre.

–Me iré por la mañana.

–¿Deacon? –dijo la voz de un hombre tras la puerta.

Deacon reconoció la voz de Tyrell y maldijo para sí.

Callie empezó a subir las escaleras.

–¡Te lo puedo explicar! –gritó tras ella.

Callie no respondió.

–¡Deacon! –insistió Tyrell.

Finalmente, Deacon abrió la puerta.

–¿Qué estás haciendo aquí? –dijo y entonces vio a Margo con él.

–¿Dónde están mis nietos? –preguntó ella con desesperación.

–Dormidos.

Margo hizo intención de entrar.

–Os tenéis que marchar –exigió Deacon bloqueándole el paso.

–Quiero verlos.

–Ya os he dicho que están dormidos.

–No los despertaré.

–Llévala a casa o lo estropeareis todo –dijo mirando a Tyrell–. Ahora.

–Llevo esperando mucho tiempo –gimoteó Margo.

–Querida, tenemos que…

–No me puede impedir ver a mis nietos –añadió avanzando.

Deacon se plantó delante de ella.

–Puede que no te guste, puede que incluso me odies, pero esta es mi casa, Callie es mi esposa y no vas a pasar a ver a esos niños.

–¿Cómo te atreves?

–¿Deacon?

A Deacon le dio un vuelco el estómago al oír tras él la voz de Callie.

–¿Qué pasa?

–¿Es ella? –preguntó Margo.

–Marchaos –susurró Deacon.

–¿Nietos? –preguntó Callie.

–Te he dicho que te lo explicaría –respondió Deacon girándose sin dejar de bloquear la entrada.

–¿Quiénes son estas personas?

Deacon vaciló unos segundos, pero al final cedió ante lo inevitable.

–Son los padres de Frederick.

Callie palideció.

–Él no te contó nada de ellos porque no se hablaban.

Parecía como si se fuera a desmayar y Deacon corrió a sujetarla.

–¿Eres Callie? –preguntó Margo entrando en la casa.

–Lo siento –le susurró Deacon al oído–. Lo siento mucho.

–Soy la madre de Frederick.

–Y yo soy Tyrell Clarkson. Ella es mi esposa, Margo.

–¿Puedo ver a mis nietos, por favor? Llevo esperando mucho tiempo.

–Están durmiendo –respondió Callie con un susurro.

–Prometo que no haré ruido –dijo Margo. Su anhelo era tan dolorosamente obvio que incluso Deacon se compadeció de ella.

–No tienes por qué acceder –le dijo Deacon a Callie–. No tiene ningún derecho a pedírtelo.

–¿Es usted su abuela? –preguntó Callie perpleja.

Margo asintió.

–¿Y tú lo sabías? –le dijo a Deacon.

–Estaba buscando el modo de contártelo. Creí… –se detuvo. Se negaba a tener esa conversación delante de Tyrell y Margo–. Te lo explicaré, pero no ahora.

–No tengo el dinero de Frederick.

–No quiero el dinero de Frederick.

–¿Qué pasó con el dinero de Frederick? –preguntó Tyrell.

–¡Déjala en paz! –le ordenó Deacon.

–Lo donó a la investigación del daño medular.

–¿Todo su fideicomiso? –preguntó Tyrell con escepticismo–. ¿Millones de dólares?

–Nunca me dijo cuánto.

–No me interesa el dinero de Frederick –le dijo Deacon a Callie, y mirando a Tyrell añadió–: ¿Es que no ves que deberíais marcharos?

–Pero… –comenzó a decir Margo con voz temblorosa.

–¡Esta noche no!

–Puede subir a verlos un momento si no hacemos ruido –dijo de pronto Callie.

Deacon la miró asombrado y Margo asintió ilusionada.

–Por aquí –juntas, subieron las escaleras.

***

—Será mejor que empieces a hablar —le dijo Callie a Deacon al entrar en el salón.

Después de que Margo y Tyrell se fueran, se había quedado alrededor de una hora en la habitación de los niños, pensando.

—Siéntate. ¿Quieres beber algo? —él estaba sentado en un sillón de piel junto a la chimenea.

—No —se sentó frente a él.

—Te lo contaré todo desde el principio. Cuando llegué a Charleston, ya sabía quién eras.

—¿Qué querías de mí?

—Quería conocerte. Tyrell quería saber de sus nietos, pero temía acercarse a ti porque suponía que Frederick te habría hablado mal de su familia.

—¿Y por qué lo hiciste tú?

—Porque yo solo estoy tangencialmente conectado a la familia y Tyrell pensó que sabrías del resto de la familia pero no de mí.

—¿Qué significa «tangencialmente»?

—Soy el hijo ilegítimo de Tyrell.

—¿Eres el hermano de Frederick?

—Hermanastro, pero creo que ni siquiera sabía que yo existía.

Callie se recostó en el respaldo intentando digerir la información.

Deacon se levantó y le sirvió una copa de brandi. Ella pensó en rechazarla, pero le pareció que sería mejor bebérsela entera. Agarró el vaso y dio un trago.

—No me quieres.

Deacon volvió a sentarse.

–Me asombró lo mucho que me gustaste.

–¿Y se supone que debo sentirme agradecida por eso? –¡qué humillación! Ella lo había amado de verdad, había creído que era el amor de su vida. Y él, en cambio, había estado fingiendo todo el tiempo.

–Pensé que ibas detrás de mi dinero.

–Pues no es así.

–Prácticamente admitiste que te habías casado con Frederick por su dinero, así que pensé que yo sería el siguiente en tu lista.

–¿Y pensaste que fingí enamorarme de ti? ¿Y por qué me pediste matrimonio?

¿Qué clase de hombre era? Pensó en cuánto se habían divertido juntos, en las noches que habían pasado en su casa y en los momentos en la playa con los niños. ¿Y durante todo ese tiempo él había creído que estaba engañándolo y jugando con él?

–Me gustabas mucho y sabía que Watkins andaba detrás de ti y… bueno… no me podía permitir esperar.

–Yo no tenía ningún interés en Hank.

–Eso lo sé ahora.

–Mañana me marcho y pediré el divorcio.

–Me gustaría que no lo hicieras. Creo que podemos hacer que esto funcione.

–¿Hacer que funcione? –preguntó ella con una risa nerviosa.

–Me equivoqué. Pensé que te estaba dando lo que querías, otro marido rico.

–El dinero no me importa. Frederick me suplicó que me casase con él. Sabía que no estaba enamorada, pero era un hombre bueno y me dijo que yo lo hacía feliz. Además, yo quería ser madre y no quería seguir en Grainwall y…

—No tienes que darme explicaciones.

—Detesto lo que has llegado a pensar de mí.

—Me equivoqué. Sabía que los Clarkson querían a sus nietos y pensé que tú querías dinero. Nos llevábamos bien. Nos llevábamos mucho mejor que bien.

De pronto los recuerdos de los momentos en los que habían hecho el amor salieron a la superficie y ella sintió su cuerpo arder de pies a cabeza.

—Te has equivocado conmigo por completo.

—Y lo acabo de admitir. No te marches aún, déjalo como una posible opción. Ya has visto lo desesperada que estaba Margo por ver a los niños.

Callie no pudo evitar pensar en la expresión de la mujer mientras había mirado a sus nietos con los ojos llenos de lágrimas.

—Tyrell y yo no nos soportamos, pero es su abuelo. Y tienen dos tíos, Aaron y Beau. James y Ethan son su viva imagen.

—Me da igual.

Se le encogió el pecho al pensar en cuánto afectaría a sus hijos lo sucedido. Adoraban a Deacon. Apenas se habían recuperado de la muerte de su padre y además los había alejado de Charleston, de su hogar. ¿Cómo podía haberlo hecho todo tan mal?

—¿Qué le pasó a Frederick con su familia?

—Solo sé que se marchó a la universidad y que después no volvió. Se rumoreaba que había tenido una pelea con su padre.

—¿Y nunca se lo has preguntado a Tyrell?

—Tyrell y yo no hablamos mucho.

—Pero te envió a Charleston.

—Supongo que era su única opción.

—Me voy a ir.

–Lo sé. Solo te pido unos días. Deja que los niños conozcan a sus abuelos y analiza metódicamente qué es lo mejor para vosotros tres.

–¿Qué sacas tú con esto?

–Me gustas, Callie. Adoro a los niños. Somos… compatibles. Podríamos hacer que funcionase.

En eso Deacon no se equivocaba. Eran compatibles de todas las formas posibles.

Pero ahora que lo sabía todo, no podía seguir a su lado y aceptar sin más lo que había hecho. Su corazón no podía soportar tanto dolor.

–Eso no va a pasar –dijo con la voz rota.

Capítulo Ocho

Eran las cuatro de la madrugada y Deacon estaba en la cama sin poder dormir.

¿Cómo había podido equivocarse tanto con ella? Callie no estaba jugando ni con Hank, ni con él ni con nadie para ascender en la escala social.

De pronto, al fondo del pasillo, Ethan lloró.

Su primera reacción fue ir a ver al niño, pero entonces recordó que ya no tenía ningún derecho.

Se sentó en el borde de la cama. Eran las cuatro y once. Oyó la voz de Callie intentando calmar a Ethan. Fue hacia la puerta y al oír que James también se había despertado, decidió que debía echar una mano. Entró en la habitación y se sentó en la cama de James, que se sentó en su regazo. Abrazó al niño y miró a Callie.

—Está ardiendo —le dijo ella—. Hay una botella de paracetamol en una de las maletas.

Deacon se levantó y fue al baño con James en brazos. Mientras, Ethan tosía débilmente y lloraba cada vez más.

—Pupa…

—Lo sé, cariño. Vamos a darte una medicina.

—Podemos llamar a un médico —insistió Deacon preocupado mientras preparaba la dosis.

—Vamos a ver si esto le ayuda. Toma, cielo. Luego podrás tomar un poco de zumo.

—¡No, mami, asco! —gritó Ethan girando la cabeza.

107

–Ethan –dijo Callie con firmeza.

–¡Papá! –sollozó el niño lanzándose a los brazos de Deacon.

Deacon lo agarró mientras con el otro brazo sostenía a James con firmeza.

–Deja que lo intente yo –le sugirió a Callie, que estaba atónita.

–¿Mamá? ¿Se va a morir Ethan? –preguntó James con voz temblorosa.

A Callie se le llenaron los ojos de lágrimas y tomó a su hijo mayor en brazos.

–No, cielo. Ethan se va a poner bien. Te lo prometo. Solo tenemos que darle la medicina.

Deacon se sentó en la cama con Ethan, que apoyó en su pecho su carita llena de lágrimas.

–¿Te duele mucho la garganta?

Ethan asintió. Deacon le dio un beso en la cabeza.

–Lo siento, colega. ¿Quieres que desaparezca?

Ethan asintió de nuevo.

–Entonces creo que te puedo ayudar –le dijo acariciándole el pelo–. Te gusta la miel, ¿verdad? Pues vamos a la cocina –se levantó con el niño en brazos.

–Pupa –repitió Ethan llorando.

–¿Sabes lo que es mejor para tu pupa? La medicina esa que da asco.

–¡Nooo!

–El truco es tragar un poco de medicina y, antes de saborearla, meterte miel en la boca.

–¿Y yo también puedo tomar miel? –preguntó James tras ellos, aún en brazos de su madre.

–Claro –respondió Callie.

–¿Qué dices, colega? ¿Un poquito de medicina y luego una cucharada bien grande de miel?

Si el truco no funcionaba, llamaría a un médico le gustase o no a Callie.

Le metió la medicina en la boca y el niño hizo una mueca de disgusto, pero logró tragarla. Inmediatamente después, le dio la cucharada de miel.

–¡Fantástico! –le dijo abrazándolo.

Callie se apoyó en la encimera. Le caía una lágrima por la mejilla. Él la miró y ella asintió temblorosa en señal de agradecimiento.

–¿Quieres ir con mami?

Callie dejó a James en el suelo para agarrar a Ethan y Deacon se puso de cuclillas para hablar con James.

–¿Tú también quieres miel?

–¿Está bien Ethan?

–Estará mejor enseguida. Oye, cuando te tomes la miel, tienes que lavarte los dientes otra vez.

–Vale.

Deacon sacó otra cuchara, la mojó en miel y se la dio a James, que sonrió mientras la relamía.

Callie estaba sentada en la mesa acunando a Ethan.

–Y ahora tienes que volver a la cama –le dijo a James agarrándolo de la mano.

–Vale –respondió el niño mirando a su hermano mientras se alejaba.

Cuando volvió a la cocina unos minutos después, Callie seguía sentada acunando a Ethan. El niño había dejado de llorar, pero tenía los ojos abiertos y se estremecía de dolor al tragar.

–Gracias –le dijo ella con la voz rota.

–No hay de qué. Pero podemos llamar a un médico si quieres.

–Vamos a esperar un poco a que la medicina le haga efecto.

–¿Quieres ir al salón? Estarás más cómoda.

Callie vaciló, pero después aceptó su oferta.

Deacon resistió las ganas de rodearla con el brazo. Sabía que su relación había cambiado de forma irrevocable, pero aún sentía la necesidad de protegerla. Aún se sentía cerca de ella. Aún se sentía su marido.

Ella se sentó en un sillón y se recostó con Ethan tendido sobre su pecho.

–¿Quieres una manta?

–Te ha llamado «papá».

–Sí –el recuerdo le encogió el corazón. No se lo había esperado.

–¿Qué voy a hacer? –preguntó Callie totalmente afligida.

Después de que Ethan se recuperase, las circunstancias parecieron conspirar en contra de Callie.

Los niños se estaban uniendo cada vez más a Deacon y Hannah la llamaba llena de ilusión e ideas mientras regentaba sola la pastelería. Además, Margo había montado una sala de juegos para sus nietos y estaba deseando enseñársela.

Ahora era sábado y estaban en el coche. Acababan de llegar al castillo.

–Parece un hotel –dijo Callie pasmada ante la imponente estructura de piedra.

–Aquí creció Frederick.

–¿Papá vivía aquí? ¿Fue un príncipe? –preguntó James asombrado.

–Fue un niño con mucha suerte.

Hubo algo, una emoción, en el tono de Deacon que Callie no logró identificar.

–Ojalá yo fuera un príncipe.

–Cuando yo era pequeño, también quería ser príncipe –dijo Deacon.

–¡Hay una torre! –gritó James emocionado–. ¿Tendrán una espada para mí?

El terreno que rodeaba al castillo era inmenso, con flores de vivos colores, una hierba que parecía una suave alfombra esmeralda y robles a ambos lados del camino de entrada. Las estatuas de dos leones flanqueaban una amplia escalera que conducía a unas puertas de madera enormes y arqueadas.

–Esto es una barbaridad –murmuró.

Ethan echó a correr hacia el césped.

–¡No toques las flores!

James corrió detrás de su hermano mientras Ethan se tiraba al suelo y rodaba por la hierba.

La puerta se abrió y Margo y Tyrell aparecieron tras ella junto a una joven de veintipocos años.

–¿Quién es? –le preguntó a Deacon sin dejar de vigilar a los niños.

–No lo sé. No es la mujer de Aaron.

Los tres empezaron a andar hacia ellos.

–James –gritó Callie–. ¿Puedes traer a Ethan?

James agarró de la mano a su hermano, que se resistía y no dejaba de señalar unas azaleas rosas.

–Me sigue pareciendo increíble –dijo Margo al ver a los niños yendo hacia ellos.

Callie ya sabía por Deacon que los niños guardaban un parecido increíble con sus tíos.

–Te enseñaré unas fotos –le dijo la mujer a Callie al saludarla.

Sin embargo, Margo no saludó a Deacon. Él no había tenido la culpa de que Tyrell hubiese tenido una aventura con su madre, pero, al parecer, ella estaba decidida a responsabilizarlo.

–Callie, te presento a Dee Anderson. Tiene el título de Educación Infantil y se ha unido al personal de la casa.

–Hola, señora Holt.

–Por favor, llámame Callie –respondió evitando mirar a Deacon.

Durante los últimos días se habían evitado cuando los niños no estaban delante y ella no le había hablado de sus planes inminentes de marcharse.

–La abuela tiene algo especial que enseñaros –les dijo Margo a James y a Ethan.

–¿Por qué no vamos a ver qué tiene que enseñaros la abuela? –propuso Callie adoptando un tono alegre y agarrándolos de la mano.

–¿Necesitas que vaya? –le preguntó Deacon a Callie.

–No hace falta –contestó Margo con desdén mientras se alejaban.

–Me llamo Dee –la joven se presentó a los niños–. ¿Os gustan los toboganes?

–A mí me gustan las torres –respondió James.

Llegaron a un portón que daba acceso a una zona vallada con unos columpios de colores, toboganes, puentes y escaleras con barandillas de seguridad.

James abrió los ojos de par en par.

–¡*Todomanes!* –gritó Ethan.

Dee abrió el portón y los niños entraron corriendo.

–Esto es… –Callie no sabía qué decir.

–Tiene muy buenas opiniones de los consumidores –dijo Margo.

–Y las mejores valoraciones de seguridad –añadió Dee antes de ir a ocuparse de los niños.

Efectivamente, parecía totalmente seguro e incluso

estaba vallado para que los niños no pudiesen salir y alejarse.

—Iba a decir que es enorme.

—Parece que les gusta. ¿Te apetece sentarte? —le preguntó Margo señalando hacia una mesa con sombrilla—. Pediré que nos traigan té helado.

Callie tenía la sensación de que la habían separado de Deacon a propósito, pero ya que prefería mantener las distancias, no le importó. Ni le importaba dónde estaba o qué estaría haciendo, ni quería pensar en él.

Mientras Deacon firmaba los documentos en la sala de reuniones del ala del castillo destinada a los negocios, Beau irrumpió en la habitación.

—¡No puedes hacer esto! —le gritó a su padre.

—Hola, Beau.

—Aaron me acaba de contar lo que está pasando.

—Si no te hubieses perdido las tres últimas reuniones, lo habrías sabido antes.

Beau fue directo a la mesa y cuando estaba a punto de quitarle a Deacon los papeles que tenía delante, este se levantó, lo agarró de la solapa y lo llevó contra la pared. Beau alzó los puños y Deacon se preparó para el golpe.

—¡Parad! —gritó Tyrell.

—¡Se necesita una mayoría de las dos terceras partes! —bramó Beau.

—No —respondió Tyrell, que seguía sentado a la cabecera de la mesa—. Se necesita esa mayoría para revocar la decisión.

Justo en ese momento, Aaron entró por la puerta.

—¿Tienes autoridad para hacer este trato? —le preguntó Deacon a Tyrell mientras soltaba a Beau.

–Sí –respondió Tyrell con rotundidad.

–No vas a salirte con la tuya… –dijo Beau–. Esta persona está reemplazando a Frederick.

–No está reemplazando a Frederick –contestó Tyrell.

–¿No? –Aaron se sentó a la derecha de su padre y habló con un tono mucho más razonable–. Le estás dando las acciones de Frederick. Se ha casado con la mujer de Frederick. Está aquí. ¿Qué más hace falta para reemplazarlo?

–Te voy a meter tantos pleitos que cuando acabemos estarás arruinado o te habrás rendido y retirado –dijo Beau.

Deacon se sentó y firmó el último documento.

–Hacedlo y no volveréis a ver a mis hijos –dijo, aun sabiendo que, en realidad, si Callie se marchaba, sería él el que no volvería a ver a los niños.

–Vamos a pagar un precio demasiado alto –le dijo Beau a su padre.

–Son mis nietos. Son el futuro de esta familia.

–Me casaré. Tú ganas. Me casaré y te daré nietos legítimos.

–Ya tuviste tu oportunidad –le contestó Tyrell.

Deacon miró a Aaron. Estaba casado y, a juzgar por su gesto de tensión, parecía que había alguna razón por la que no había tenido hijos aún. Cada vez quedaba más clara la oferta que Tyrell le había hecho. Ethan y James no solo eran sus primeros nietos, sino que podían ser los únicos que llegara a tener.

–¿Qué problema tenéis conmigo? –le preguntó Deacon a Beau.

–Tu mera presencia hace que mi madre se sienta como si le apuñalasen el corazón.

–No es culpa mía.

–¿No deberíamos estar hablando de sus credenciales? –preguntó Aaron–. ¿Qué sabe sobre dirigir el puerto? Lo último que necesitamos es que alguien que nos resulte inútil tenga un poder de voto del veinticinco por ciento.

–¿Tenemos un trato o no? –le preguntó Deacon a Tyrell–. Porque soy el tutor legal de esos niños y su madre está enamoradísima de mí –era una exageración, pero reforzaba su amenaza.

–Tenéis que ver algo –dijo Tyrell a sus hijos–. Seguidme.

Claramente renuentes, ambos salieron de la sala y siguieron a su padre. Deacon, movido por la curiosidad, hizo lo mismo.

Recorrieron un pasillo, atravesaron un comedor y llegaron a unas puertas de cristal que conducían a una terraza desde la que se oían los gritos de James y Ethan y las risas de Dee. Aaron y Beau se acercaron a la baranda y Deacon los observó mientras miraban a los niños. Claramente, vieron lo que todo el mundo veía: era como si los hubiesen clonado.

–¿Cómo es posible…? –Aaron fue el primero en hablar.

–¿Creéis que Frederick también vio el parecido? –preguntó Beau asombrado.

El as que Tyrell se había guardado en la manga había surtido efecto y todo apuntaba a que Aaron y Beau cerrarían filas alrededor de sus sobrinos.

Deacon vio a Callie. Se estaba riendo y parecía relajada mientras charlaba con Margo. No se había esperado verla tan contenta y de pronto sintió celos. Aunque la veía a diario, la echaba de menos desesperadamente. Sus dedos ansiaban tocarla, él ansiaba abrazarla. Cada

115

vez que sonreía a sus hijos, quería besarla. Y por las noches permanecía despierto en un semiconsciente estado de frustración. Ella estaba en la habitación de invitados, a solo unos pasos de él, y Deacon imaginaba su camisón de seda y sus cremosos hombros. En su mente la veía durmiendo, con los ojos cerrados, las mejillas sonrojadas y los labios ligeramente separados. La había despertado a besos en más de una ocasión, pero después todo…

Apretó los dientes y se obligó a centrarse en la realidad. Al hacerlo, y mientras analizaba la escena, se dio cuenta de algo que le produjo escalofríos. Querían a los niños y necesitaban a Callie. Si Callie se alejaba de él, los Clarkson la recibirían con los brazos abiertos. Él era completamente prescindible.

Callie había dejado pasar diez días.

Primero Ethan había estado enfermo y después Margo había querido pasar algo de tiempo con los niños. Durante ese tiempo, Deacon se había mantenido ocupado trabajando hasta bien entrada la noche y en ningún momento le había preguntado si iba a quedarse o iba a marcharse.

Ella quería marcharse, pero eso implicaba decirle al mundo que se había equivocado; decirle a Hannah y a todos en Charleston que había sido una idiota; decirle a Margo que se llevaba a los niños. Implicaba comunicarle a Deacon su decisión final y tal vez discutir con él.

No quería discutir con Deacon. Quería volver a reírse con él, a charlar con él de todo. Quería abrazarlo, besarlo, hacer el amor con él y volver a dormir en sus brazos. Le dolía el alma de echarlo tanto de menos.

Salió a la terraza en el frescor de la noche. Había estado jugando con los niños en el jacuzzi antes de meterlos en la cama y ahora estaba recogiendo las toallas y los juguetes que flotaban en el agua. Al tocar el agua caliente con los dedos la invadió una sensación maravillosa. Aún llevaba el bañador debajo del albornoz y sabía que dentro estaba el mueble bar. Había luna llena, las luces del jardín resplandecían y tenía unas bonitas vistas de la ciudad y del océano a lo lejos. Decidida a disfrutar un poco del entorno y las comodidades de esa maravillosa casa, fue adentro y se sirvió una copita de brandi. Bajó la intensidad de las luces, se quitó el albornoz, se metió en el agua caliente y subió la potencia de los chorros.

—Pareces cómoda —dijo Deacon tras ella.

—No sabía que estuvieras aquí —respondió ella girándose para mirarlo.

—Acabo de llegar —se agachó y metió la mano en el agua.

Ella observó sus dedos e imaginó que le estaban acariciando la piel.

—¿Mucho trabajo?

—El puerto está creciendo y hay decisiones complicadas que tomar.

A Callie le sorprendió que le hablara del trabajo, porque nunca lo hacía.

—¿Te importa si te acompaño?

Le dio un vuelco el corazón.

—Si te hace sentir incómoda, no lo haré.

—No, no pasa nada. Es tu jacuzzi. Adelante. El agua está muy agradable.

—Iré a ponerme un bañador.

Callie lo vio alejarse y deseó poder decirle que se

olvidara del bañador; lo había visto desnudo varias veces y él la había visto a ella. Era estúpido que ahora fingiesen recato y pudor.

Mientras esperaba, se sumergió más en el agua, dio un trago de brandi y fantaseó con hacer el amor con él.

Deacon volvió antes de lo que se había esperado y se metió en el agua. Llevaba su propia copa de brandi y había dejado la botella en el borde.

–Hoy Margo me ha dicho algo sobre un baile –le dijo Callie.

–¿El del Solsticio de Verano?

–Sí, eso es.

–Aquí es el evento social del año. Todo el mundo quiere ir de invitado al castillo.

–Al parecer, los Clarkson tienen un sastre y ella quiere hacerles unos trajes a juego a los niños.

Deacon la miró sorprendido y ella supo qué le estaba preguntando con su expresión. Faltaba una semana para el baile. ¿Significaba eso que los niños seguirían allí para entonces?

–No lo sé –le dijo Callie con sinceridad–. No sé qué hacer.

–Ya sabes lo que quiero yo –dijo él como si las palabras le hubieran salido del alma.

Ella no podía dejar de mirarlo, no podía hablar, no se podía mover. Y cuando Deacon se movió y se sentó a su lado, se le aceleró el pulso y sintió como si la temperatura del agua hubiese aumentado varios grados.

–Quédate. Te daré espacio. Te daré… –añadió mirándola a los labios.

Y entonces la besó. Fue mágico. La dejó sin aliento. Ella le devolvió el beso mientras la rodeaba con sus brazos. Sus cuerpos se deslizaban el uno contra el otro y sus pechos rozaban su torso.

De pronto, un ruido rompió el silencio de la noche. Se apartaron sobresaltados y Callie se dio cuenta de que había tirado su copa de brandi al suelo.

–Lo siento –dijo poniéndose de rodillas para asomarse por el borde del jacuzzi–. Qué torpe soy.

–No te muevas, yo lo recojo –se giró hacia ella y la rodeó por los hombros mientras añadía–: Te daré espacio. ¿Qué quieres? Tú dímelo y lo haré.

Lo que quería era imposible. Quería la fantasía que nunca había sido verdad. Quería que su matrimonio fuese lo que habían fingido.

–No creo que puedas –susurró.

–Pero eso no significa que no vaya a seguir intentándolo.

Callie lo observó mientras salía del agua; las gotas le caían por sus anchos hombros, por esos brazos que la habían abrazado con fuerza, por sus abdominales y sus muslos, por todas las partes que ella había besado y acariciado mientras habían hecho el amor tantas veces.

¿Cómo iba a intentarlo? ¿Qué podía hacer él?

No había modo de volver atrás y convertir en verdad sus mentiras.

Capítulo Nueve

Deacon se esforzó por aprenderlo todo sobre Hale Harbor Port.

Mientras tanto, Callie seguía dando por hecho que llevaba años trabajando allí, y él no le había dicho lo contrario. Por eso andaba con pies de plomo, temiendo que ella le hiciese alguna pregunta que no pudiera responder.

Aaron y Beau, por su parte, no le habían facilitado nada el proceso de aprendizaje y Deacon estaba convencido de que estaban poniendo a los empleados en su contra.

Aun así, no había desistido de su empeño y había estudiado a fondo la facturación y funcionamiento de la empresa, y tras horas y horas de trabajo había llegado a una conclusión: Hale Harbor Port estaba perdiendo dinero.

Ahora estaba en la sala de reuniones del castillo mostrándoles a Tyrell, a Aaron y a Beau lo que había descubierto.

—Somos conscientes —dijo Tyrell sin más.

—Esto no puede seguir así —protestó Deacon.

—Y no lo hará —contestó Beau—. Es un bache temporal.

—Tenéis que revisar vuestra estructura de precios —Deacon sabía por su trabajo en Mobi que el sector del transporte había cambiado por completo en la última

120

década y que todo el mundo tenía que buscar nuevos enfoques de negocio.

–¿Qué quieres decir? –dijo Aaron.

–¿Vas a tomarle en serio? –le preguntó Beau a su hermano–. ¿No lleva aquí ni cinco minutos y ya vas a seguir sus consejos?

–Nadie va a seguir sus consejos –señaló Tyrell.

–Muy bien, ignoradme… –mientras hablaba vio movimiento por la ventana de la sala, a través de la cual se podían ver el jardín y las ventanas del ala contigua. Sí. Era Callie. Estaba allí.

–Al menos deberíamos llevar un seguimiento –dijo Aaron.

–Lo estamos haciendo –contestó Tyrell.

Entonces Deacon vio a James. Parecía que estaba subido a algo y tenía los brazos extendidos.

–Para eso tenemos a los contables –señaló Beau.

Un hombre se acercó a James. Era el sastre. Les estaba tomando medidas para los trajes. ¡Bien! Iban a quedarse para el baile. De pronto se sintió completamente aliviado. Sonrió.

–¿Te parece divertido? –le preguntó Tyrell.

–¿Qué?

–¿Que si te parece divertido que tengamos contables?

–Por supuesto que no –respondió Deacon volviendo a centrar su atención en el trabajo–. Solo propongo que reunamos más datos. Deberíamos estudiar más opciones.

–¿Qué clase de opciones? –preguntó Aaron.

–¿Puedes dejar de seguirle la corriente? –le exigió Beau.

–Integración vertical –apuntó Deacon.

Beau levantó las manos con gesto de frustración, pero Aaron parecía interesado.

–Y acuerdos exclusivos –añadió– con una empresa como Transportes Mobi.

–¡Ahí lo tenéis! –dijo Beau–. Lo que quiere es que Hale Harbor Port refuerce a Mobi.

–Solo era un ejemplo. Y me refería a lo contrario, a usar una empresa como Transportes Mobi para reforzar a Hale Harbor Port.

–¿Cómo? –preguntó Aaron.

–¡Ya he tenido suficiente! –dijo Beau levantándose.

–Vamos a tomarnos un descanso para almorzar –ordenó Tyrell.

Beau y Tyrell salieron de la sala, pero Aaron permaneció sentado.

–¿Cómo? –le preguntó a Deacon.

–¿Acaso importa?

–¿Tienes una buena idea o no?

Deacon supuso que no tenía nada que perder.

–Comprando acciones en Mobi o en otra empresa. Mobi es una buena opción porque es local y es pequeña, por lo que es un buen punto de partida para probar la metodología. Hacedles precios especiales para que trabajen con Hale Harbor en exclusiva.

–¿Precios más bajos? ¿Y perder más dinero?

–Aumentáis el volumen de trabajo con procesos más ágiles y sencillos y después obtenéis beneficios a través de negocios derivados.

–¿Tienes idea de lo que estás diciendo? Es un cambio de gran magnitud.

–¿Se te ocurre una idea mejor?

–Aún no –dijo Aaron levantándose–, pero debe de haber decenas de ideas mejores que esa. Beau tiene razón. No deberíamos hacerte caso. No llevas aquí ni cinco minutos.

Decepcionado, miró hacia la ventana donde estaba Callie. Tal vez había perdido ante Tyrell y sus hijos, pero Callie se quedaría mínimo una semana más y para él eso era una victoria.

Decidiendo que prefería saltarse el almuerzo y ver a Callie, salió de la sala y llegó a la otra ala del castillo. En la segunda planta oyó las voces de los niños, que le condujeron hasta un vestidor del tamaño de un salón de baile.

–¡Papá! –gritó Ethan saltando del taburete y corriendo hacia él para disgusto del sastre.

–Nos están haciendo ropa nueva –dijo James yendo también hacia él.

Mientras, Margo hacía lo posible por ignorar a Deacon.

–¡Hora de almorzar! –les dijo a los niños con tono alegre–. ¿Quién quiere queso braseado?

–¡Yo, yo! –gritó Ethan.

–Sí, por favor –añadió James.

Margo salió de la sala con los niños y el sastre se sentó en una mesa al fondo.

–Debería ir con ellos –dijo Callie.

–Me alegro de que os quedéis.

–No saques conclusiones. No lo hago por ti.

–Lo sé –respondió Deacon deseando ser el motivo de su decisión pero admitiendo la realidad.

Mientras metía a los niños en la cama, Callie, pensativa, esperaba no haberse equivocado al haber decidido quedarse al baile, porque estaba siendo una auténtica tortura estar cerca de Deacon, deseándolo, echándolo de menos e intentando desesperadamente seguir enfadada con él.

–Mami –dijo James.

–¿Sí, cielo?

–¿La abuela es muy lista?

–Eso parece. ¿Por qué lo preguntas?

–Porque se confunde. A Ethan lo llama Beau.

–Eso es porque Ethan se parece al tío Beau cuando era pequeño.

–Pues el tío Beau siempre tiene cara de enfadado.

–¿Te asusta?

–No –respondió el niño completamente tranquilo.

Callie respiró aliviada al oír la respuesta.

–Buenas noches, James.

–Buenas noches, mami.

Un rato antes, mientras leía el cuento a los niños, había oído a Deacon llegar a casa. Había pensado irse directa a la cama porque prefería no verlo, era más seguro emocionalmente mantener las distancias, pero le apetecía mucho una taza de té. Bajó las escaleras y oyó la voz de Deacon y otra voz más que le resultaba familiar. Siguió los sonidos hasta el salón. Deacon la vio y el hombre de pelo largo y enmarañado que estaba frente a él se giró.

–Hola, Callie.

Esa voz hizo que la recorriera un escalofrío.

–¿Trevor? –era su hermano mayor.

–Cuánto tiempo, hermanita.

–¿Qué estás haciendo aquí? –no había sabido nada de él desde el día en que se marchó de la destartalada casa en la que vivían en Grainwall. Él tenía dieciocho años y ella solo nueve.

–¿Así saludas a tu hermano? –se acercó y la abrazó.

Ella estaba demasiado impactada como para moverse. De pronto se trasportó a su infancia, a las peleas entre sus hermanos y su padre y a los gritos que le daban para ordenarle que les sirviera cervezas y sándwiches y limpiara la casa.

—He oído que te has casado.

—¿Cómo me has encontrado? —preguntó sin apenas voz.

¿Por qué la había buscado ahora? Después de que su padre muriera, sus tres hermanos se habían ido marchando de casa hasta dejarla sola con su madre. Ninguno había vuelto ni la había ayudado cuando su madre enfermó y murió. A ninguno le había importado que se hubiese quedado huérfana a los dieciséis años.

—Por las redes sociales. Son una maravilla.

—¿Puedo ofrecerte algo para beber? —preguntó Deacon—. Por favor, siéntate.

Callie quiso gritar «¡No!». Si Trevor empezaba a beber, no pararía.

—Una cerveza, si tenéis.

Trevor se sentó en el sofá y Callie en un sillón.

—Callie, ¿una copa de *merlot*? —le preguntó Deacon sabiendo que era su favorito.

—Iba a tomarme un té.

—Claro —Deacon fue a la cocina.

—Te ha ido muy bien, Callie —ahora que Deacon no estaba allí, la mirada de Trevor se endureció.

A ella le empezó a doler el estómago y las imágenes y los sonidos y olores de su infancia le invadieron el cerebro. De pronto vio a su padre gritando, a su madre llorando en un rincón y a Trevor riéndose borracho.

—¿Te ha comido la lengua el gato?

Quería decirle que se fuese, que no volviera nunca, pero no se veía capaz. La niña asustada que llevaba dentro no tenía valor para hacerle frente.

125

–Da igual, no hace falta que digas nada para saber que has salido adelante muy bien.

Deacon volvió y Callie se sintió tremendamente agradecida de verlo. Llevaba una taza de té en una mano y dos botellas de cerveza en la otra.

–¿Estás de visita en Hale Harbor?

–He venido a ver a Callie. He estado un tiempo en Alabama –se bebió la mitad de la cerveza.

–¿A qué te dedicas?

–Hago de todo un poco.

Deacon miró a Callie. Estaba paralizada. No podía ni hablar ni moverse.

–Te has casado con mi hermana –le dijo Trevor sonriéndole.

–Así es.

–Y no recibí la invitación.

–Fue una boda pequeña.

–¿En serio? Creía que la gente bien celebraba fiestas muy pijas.

–A veces –respondió Deacon educadamente.

Callie se obligó a hablar. No era justo que Deacon cargara con el peso de la conversación.

–¿Estás casado? –le preguntó a su hermano.

–No he conocido a la chica adecuada.

Callie se alegró por el bien de las mujeres. Si Trevor era como su padre, y todo apuntaba a ello, ninguna mujer merecía acabar casada con él.

–¿Sabes algo de Joe y Manny? –levantó la taza de té intentando que no le temblara la mano.

–No, pero a lo mejor deberíamos buscarlos y hacer una reunión familiar.

Al instante, Callie lamentó haber hecho esa pregunta.

–Has sido muy amable al pasar a vernos –le dijo

Deacon mirando el reloj–. Déjanos tu número y estaremos en contacto.

–Bueno… Yo… –Trevor se mostró desconcertado. Se acabó la cerveza de un trago y la dejó sobre la mesa con un golpe.

–Anótalo aquí –le dijo Deacon dándole un papel.

Trevor miró fijamente a su hermana al pasar por delante de ella, pero por suerte no le dijo nada. Después Deacon lo acompañó a la puerta y volvió al salón con Callie.

–¿Qué narices ha sido eso? –le preguntó preocupado y de rodillas a su lado.

Callie empezó a temblar y Deacon le quitó la taza de las manos.

–Son horribles. ¡Todos!

–¿Te hicieron daño?

–A mí no. Físicamente, no.

La abrazó y ella, sin poder contenerse, apoyó la cabeza en su hombro.

–Cuéntame qué pasó.

Deacon tuvo que controlarse para no salir corriendo detrás de Trevor, el responsable de que Callie estuviese temblando en sus brazos. Callie lo necesitaba allí. Se sentó en el sofá y la colocó sobre su regazo.

–Cuéntamelo.

–¿Cómo pudieron ser tan crueles? Yo solo era un niña pequeña.

La escuchó mientras le relató la absoluta pobreza en la que había crecido, sin apenas dinero para comer y yendo al colegio con ropa que recogían en la iglesia, entre cortes de luz, sin calefacción y durmiendo en un colchón húmedo en el suelo. Su madre y ella habían sido las criadas de su padre y de sus hermanos, que las habían tratado a gritos, insultos y empujones. Había sufrido tanto viendo a su padre abofetear constantemente a su madre que se había sentido aliviada cuando él murió de un infarto, aunque no estuvo tranquila del todo hasta que todos sus hermanos se marcharon de casa. Por desgracia, después su madre enfermó. Con catorce años Callie empezó a trabajar a tiempo parcial, pero entonces su madre murió y las facturas del hospital la obligaron a dejar el colegio.

–Frederick fue la primera persona que cuidó de mí. Era muy bueno y muy dulce –dijo llorando y acurrucada a él.

–¿Le habías contado esto a alguien?

–No tenía a nadie a quien contárselo. Frederick ya tenía suficientes problemas. No podía contárselo. No quería contárselo. Ya formaba parte del pasado.

–Me alegro de que me lo hayas contado.

Le besó la lágrima que tenía en la mejilla y después, cediendo a la tentación, la besó en los labios, con delicadeza, y ella le devolvió el beso. Pero sabía que debían parar. Ella necesitaba su apoyo, no su lujuria. Y así, sentados, permanecieron una hora más. Callie se quedó dormida en sus brazos. No quería soltarla, pero sabía que tenía que hacer algo.

La subió a la habitación, la tendió en la cama y la cubrió con una colcha. Después bajó corriendo y, de camino al coche, marcó el número de Trevor.

–¿Sí? –respondió Trevor con brusquedad. Se oía música de fondo.

–Soy Deacon Holt –arrancó el motor.

–Vaya, no has tardado mucho.

–Quiero que nos veamos.

–Claro. ¿Cuándo?

–Ahora. ¿Dónde estás?

–En The Waterstreet Grill.

–En diez minutos estoy allí.

–Hecho.

Eran más de las diez y las carreteras estaban prácticamente vacías. Bajó las ventanillas y dejó que la brisa le calmara un poco. No dejaba de imaginarse a Trevor gritando a una diminuta Callie para que le sirviera latas de cerveza. Agarró el volante con fuerza y pisó el acelerador. Al llegar al bar, vio a Trevor hablando con dos hombres en la barra.

–¡Qué pasa, Deacon! –le dijo Trevor sonriendo. Alargó la mano, pero Deacon lo ignoró.

–Vamos fuera, no quiero hablar delante de tus amigos.

–Calma, hermano. ¿Es que quieres pelea?

–No, pero podría haberla –salió por una puerta lateral seguro de que Trevor lo seguiría–. Callie no es tu nuevo método para conseguir dinero fácil –añadió cuando Trevor lo alcanzó.

–Es mi hermana. Somos familia.

–Pues no lo parece, a juzgar por lo que le hiciste.

–Tengo un certificado de nacimiento que lo demuestra.

–No vuelvas a acercarte a ella.

–¿Me estás amenazando?

Deacon se sacó un talonario de cheques del bolsillo; sabía por qué Trevor había vuelto a la vida de Callie y quería librarse de él del modo más rápido.

–Si esto no sirve –dijo plantándole el cheque contra el pecho–, te estaré esperando con un palo.

Trevor dio un paso atrás y abrió los ojos asombrado al ver la cifra.

–Largo. Y no vuelvas nunca.

–¿Este cheque es bueno?

–¡Largo! –repitió y se marchó.

Esperaba haberlo dejado claro.

Capítulo Diez

Los niños estaban adorables con sus esmóquines a juego, Deacon iba guapísimo y ella se sentía preciosa con su vestido de diseño.

—¡Mamá, la abuela nos ha dado pudin! —le dijo James emocionado al llegar de la mano de Dee.

—Era *mousse* de chocolate —aclaró la joven.

—Son casi las ocho —protestó Callie. Nunca les daba azúcar, y mucho menos chocolate, después de las cinco.

—No te preocupes tanto —dijo Margo al acercarse.

—Deberíamos irnos ya.

—¿A qué viene tanta prisa? —preguntó Margo.

—Estarán cansados.

—No estoy cansado —dijo James.

—Están bien. Su abuelo y yo queremos presumir de ellos un poco más.

—De acuerdo, un rato más —respondió Callie.

—Yo me ocupo de ellos —señaló Dee.

—Puedo acompañaros —respondió Callie.

—No seas tonta —le dijo Margo—. Ve a buscar a Deacon y baila con él.

Y Callie cedió a la tentación. Por un lado quería bailar para lucir su vestido nuevo y por otro quería bailar con Deacon.

Lo vio al fondo de la sala. Él la miró y sonrió. Le devolvió la sonrisa sintiendo la atracción que los unía y fue hacia él.

–¿Bailas? –le preguntó.

–Por supuesto –respondió él llevándola a la pista de baile.

Deacon la guiaba con seguridad, sus pasos eran perfectos y su brazo le rodeaba la cintura maravillosamente.

–¡Vaya fiesta! –comentó Callie mientras se deslizaban por el brillante suelo.

–Lleva doscientos años siendo una tradición.

La música pasó a un ritmo más lento. Deacon deslizó la mano por la parte baja de su espalda y le acarició con el pulgar toda la piel que dejaba expuesta el diseño del vestido. Ella sabía que no debía dejarse llevar por las emociones, pero no lo pudo evitar. Se le acercó más y más. Él llevó la mejilla contra su cabello y ella se acurrucó en su cuello. El deseo palpitaba en su interior, las voces desaparecieron a su alrededor, las demás personas se fundieron en una ráfaga de color… y entonces lo oyó, suave pero inconfundible. Era el llanto de Ethan. Se apartó de Deacon sobresaltada.

–¿Qué? –preguntó él atónito.

–¡Ethan! –gritó–. ¡Le pasa algo!

Callie corrió todo lo deprisa que le permitieron los tacones. Vio a Margo hablando con Ethan, que tenía el rostro arrugado en una mueca de enfado y sacudía la cabeza. Tyrell dijo algo y el niño lo miró. Al principio parecía asustado y después se tiró al suelo y chilló. Tyrell lo levantó justo cuando Callie se acercó y le oyó decirle con brusquedad:

–¡… y compórtate!

–Cielo, ¿qué pasa? –levantó a su hijo en brazos.

–No creo que mimarlo vaya a ayudar mucho.

Era ella quien decidía cómo educar a sus hijos.

–Es hora de irnos, cielo –le dijo a James, que estaba al lado mirándolo todo boquiabierto.

–Venga, esto no es necesario –repuso Margo intentando calmarla.

–¿Va todo bien? –preguntó Deacon al llegar.

–Le estaba diciendo a Callie que no hay necesidad de que se vayan tan pronto –respondió Margo dirigiéndose a él por primera vez en todo ese tiempo–. Hemos preparado una habitación para los niños.

Callie no quería seguir allí, quería llevarse a sus hijos y que durmieran en sus propias camas.

–Ethan, ¿quieres que te lea un cuento? –preguntó Dee.

–Creo que es mejor que nos vayamos… –empezó a decir Callie.

–A mí me gusta el cerdo y el pato –apuntó James.

Ethan dejó de llorar y miró a Callie, que le preguntó:

–¿Quieres que Dee te lea el cuento?

El pequeño asintió.

–La decisión es solo tuya –le susurró Deacon al oído.

–También hay una habitación para vosotros –aclaró Margo–. Justo enfrente de la habitación de los niños. Así no tenéis que despertarlos cuando termine la fiesta.

–De acuerdo –Callie cedió y Dee se marchó con los niños.

–No deberías fomentar esa clase de comportamiento –espetó Tyrell.

–¡Ni te atrevas! –le advirtió Deacon–. Callie es una madre fantástica.

–Ha sido por el chocolate –Callie sintió la necesidad de defender a Ethan.

–¿Seguimos bailando? –le preguntó Deacon.

Ella aceptó la oferta. Tal vez no era lo más inteligente, pero echaba de menos los brazos de Deacon y quería alejarse de Margo y de Tyrell.

Deacon oyó a Callie entrar en la habitación y cerrar la puerta; había ido a ver a los niños y ahora estaba dejando el vigilabebés sobre una mesilla.

Aún quedaban decenas de invitados. Callie parecía cansada, pero estaba preciosa con su vestido. Cuando se agachó para quitarse los tacones, a él lo invadió el deseo. Era ridículo que simplemente sus pies le resultaran tan sexis.

–¿Están bien los niños? –le preguntó para evitar hablar de cómo iban a dormir.

–¿No te ha parecido raro lo de antes?

–¿Raro qué? –lo único que él recordaba era haber bailado juntos y haber sido incapaz de apartar la mirada de ella en toda la noche.

–Lo de Tyrell con los niños. No quiero que esté solo con ellos, y menos con Ethan.

–Lo entiendo.

–Y Margo… ¿no te parece un poco posesiva? Últimamente tengo una sensación rara cuando estoy cerca de ella. James me ha dicho que a Ethan le llama Beau.

–Se parecen mucho.

–Sí, tienes razón, supongo que no es tan raro.

–¿Te sientes cómoda quedándote aquí?

–No tiene sentido que despertemos a los niños ahora.

–Me refiero a… –dijo Deacon mirando hacia la enorme cama.

–¡Aaah! –suspiró–. Estoy tan cansada que ni siquiera me importa. ¿A ti te incomoda?

–En absoluto –le sorprendió la respuesta de Callie.

–Además, esta cama es tan grande que dudo que pudiéramos encontrarnos aunque lo intentásemos.

Él la encontraría en medio segundo, pero tampoco lo intentaría. Se había quitado la chaqueta y la pajarita y ahora, al quitarse la camisa, le pareció ver que Callie le miró el torso. Deseó que significase algo.

–Toma –le dijo dándole la camisa–. Puedes ponértela para dormir.

–Gracias –respondió ella algo sorprendida.

Callie fue al baño y él, para no imaginarla cambiándose, se entretuvo descalzándose, apagando las luces de techo, encendiendo una lamparita de noche y retirando la colcha de la cama.

Cuando la puerta del baño se abrió, se dijo que no debía mirar, pero no se pudo contener. Y entonces la vio: la camisa blanca se le transparentaba ligeramente y le caía a mitad de muslo, y llevaba las mangas remangadas sobre sus esbeltos brazos y el botón superior abierto formándole un escote en V.

–¿Hay alguna percha…? –preguntó ella al descolgar el vestido del perchero del baño.

El movimiento hizo que la camisa le rozara los pechos y él estuvo a punto de gemir de placer.

–El armario está ahí –dijo con cierta dificultad–. Yo me ocupo.

–Gracias.

Tuvo que hacer acopio de todas sus fuerzas para no tocarla, para no rodearla como lo había hecho mientras habían bailado. Los ojos verdes de Callie se encontraron con los suyos en la tenue luz.

Era increíble y naturalmente bella y en una ocasión le había dicho que le amaba. Pero él lo había estropeado todo. Haría lo que fuese por reparar sus errores.

—Acuéstate —le dijo controlándose para no tocarla—. Deberías dormir.

Ella asintió y se metió en la cama mientras él colgaba el vestido en una percha.

Deacon se quitó los pantalones, se metió en la cama y apagó la lamparita de noche sumiéndolos en una profunda oscuridad.

—No me gusta esto —dijo ella de pronto.

—¿Quieres que me vaya?

—No, me refiero a que no me gusta este lugar, el castillo. Es… no sé… oscuro. Lúgubre. ¿Crees que puede estar encantado? —bromeó Callie.

—¿Por ocho generaciones de los Clarkson? ¡Qué miedo!

—¿Me protegerías?

—¿Del fantasma del almirante Frederick Baines Clarkson? —dijo Deacon adoptando un tono de voz exageradamente grave—. La leyenda cuenta que fue asesinado. Creo que podríamos estar en peligro de muerte. Shhh. ¿Has oído eso?

El viento soplaba entre las almenas.

—¿Intentas asustarme?

—Está llamando a sus hombres, sigue furioso porque no lo salvaron.

—Qué imaginación tienes —le dijo dándole una palmadita en el hombro.

En cuanto lo tocó, el mundo se detuvo para él. Y entonces Callie deslizó la mano sobre su piel hasta su cuello, hasta su mejilla.

—Callie —le dijo con la respiración entrecortada—. No puedo…

—Lo sé. Es… —se le acercó un poco más y su aliento le rozó la piel. Sus labios rozaron los suyos.

La reacción de Deacon fue inmediata. La rodeó por la cintura y la besó más profundamente. Ella lo rodeó por el cuello y le acarició el pelo. Sus cuerpos se juntaron y Deacon absorbió su calor, su suavidad y su aroma.

La besó en la boca una y otra vez. Después pasó a su cuello, sus hombros, sus pechos. Y mientras, ella pronunciaba su nombre entre gemidos.

Le quitó la camisa, se quitó los calzoncillos y entrelazaron sus cuerpos desnudos. Respiró su perfume, saboreó su piel y sintió entre sus dedos la suavidad de su cabello con aroma a lavanda.

–Cuánto te he echado de menos.

–Oh, Deacon…

Le giró el cuerpo hacia él y ella separó los muslos ligeramente y lo rodeó por la cintura con las piernas. De pronto Deacon se detuvo, como si quisiera que la magia durase eternamente.

–Deacon, por favor –gimió Callie.

La besó de nuevo, le acarició los pechos y la parte trasera de los muslos, capturó su cuerpo una y otra vez.

A Callie le temblaban los brazos a su alrededor y sus caderas ansiaban unirse a él. La pasión que crearon calentó el aire del frío castillo. Los gruesos muros absorbieron sus gemidos y la oscuridad los envolvió y los protegió. El pasado no importaba, solo el futuro. Y el futuro era Callie. Tenía que ser Callie.

El cuerpo de ella se contrajo de placer y lo arrastró a él al paraíso.

Al volver del castillo al día siguiente, Callie se dio cuenta de cuánto le gustaba la casa de Deacon. Era acogedora, cómoda y funcional. Espaciosa pero del tamaño perfecto. Se sentía bien en ella e incluso se estaba acostumbrando a tener una asistenta del hogar dos veces por semana; ya había superado la vergüenza y el sentimiento de culpa que le producía que otra persona limpiase lo que ella ensuciaba.

Aún seguía en una nube tras la noche anterior, pero pronto tendría que volver a poner los pies en la tierra porque no podía fingir sin más que su matrimonio había vuelto a la normalidad. Sin embargo, eso podría esperar. No quería dejar que la realidad se entrometiera todavía.

—He pensado en que los niños y yo podríamos jugar un rato al fútbol –le dijo Deacon al salir de su despacho, donde había estado haciendo unas llamadas de trabajo.

—Me parece perfecto.

—¿Vas a echarte una siesta?

Ella no pudo evitar pensar que estaba aludiendo veladamente a lo poco que había dormido la noche anterior, en la que básicamente habían hecho el amor, habían charlado, y habían vuelto a hacer el amor. Deacon le había dicho que la echaba de menos y ella lo echaba de menos más de lo que podría haber imaginado.

—Estoy bien –y era cierto. Estaba cargada de energía–. Creo que llamaré a Hannah.

—Como quieras –la besó en la sien–. ¿Quién quiere jugar al fútbol? –gritó.

—¡Fúbol, fúbol! –gritó Ethan.

—Tengo que ponerme mis deportivas rojas –dijo James.

—Venga, vamos a prepararnos –respondió Deacon subiéndose a Ethan a hombros y guiñándole un ojo a Callie.

Ella metió los platos en el lavavajillas, fregó la en-

138

cimera y agarró el teléfono. Salió a la terraza, desde donde podía verlos jugando en el jardín. Se estiró en la tumbona, se puso unas gafas de sol y marcó el número de la pastelería.

–Buenas tardes. Pastelería Downright Sweet –era la voz de Hannah.

–¿Estás ocupada?

–¡Callie! ¡Hola! ¿Cómo estás?

–No quiero entretenerte –dijo al oír de fondo los familiares sonidos del turno del almuerzo.

–Está lleno pero controlado.

Los ruidos se disiparon y supuso que Hannah se había metido en el despacho de la trastienda.

–Solo quería saber qué tal va todo.

–Está siendo un buen verano. El negocio con los turistas no cesa y la rosaleda está en construcción, pero no entre la Quinta y Bay Street. No sé qué le dijiste al alcalde.

–Fue Deacon.

–Pues hizo magia.

Callie sabía que lo que de verdad hizo magia fue el talonario de cheques de Deacon. No le había gustado en un principio, pero ahora solo le importaba que a Hannah le fuese bien el negocio.

–Hablando del alcalde… Tiene un contrincante importante para la reelección.

–Lo único que me importa es que se mantenga lejos de ti.

–Bien lejos. ¿Sabes? Esta semana hemos lanzado un nuevo producto. He encontrado un proveedor de bayas Haskap en Colorado. Se supone que son un superalimento y con ellas hemos hecho una magdalena, un bizcocho de limón y sirope para la tarta de queso de vainilla.

–Estoy deseando probarlo todo.

–¿Cómo están los niños?

–Bien. Ahora mismo jugando al fútbol en el jardín con Deacon.

–Es fantástico. Has encontrado a un gran tipo, Callie.

–Sí.

Aunque si no hubiese mentido sobre quién era, qué quería y lo que sentía por ella, las cosas habrían sido realmente perfectas. Le partía el corazón que todo tuviese que llegar a su fin.

–Sí que es fantástico –podía ignorar los defectos de Deacon al menos por un tiempo.

Era primera hora de la mañana cuando Deacon buscó a Aaron en su despacho aprovechando que Tyrell y Beau aún no habían llegado al ala del castillo donde tenía base la empresa.

–He desarrollado algunos detalles más –le dijo a Aaron dejando una carpeta sobre la mesa.

–Creía que habías desistido.

–¿Por qué iba a hacerlo?

–Porque sin el apoyo de Beau y mi padre, no hay nada que hacer –aun así, abrió la carpeta.

Deacon tenía que intentarlo. Las cosas iban mucho mejor con Callie, tanto que estaba empezando a ver un futuro con ella; y no solo eso, sino que también estaba empezando a ver un futuro con los Clarkson y dirigiendo Hale Harbor Port.

–¿Cómo de optimistas son estas cifras?

–Son realistas. Los datos en los que me he basado…

–¿Es una reunión privada? –preguntó Tyrell desde la puerta.

Aaron cerró la carpeta.

—Son volumétricos y de ruta —concluyó Aaron disimulando, y Deacon agradeció su discreción.

—Tengo que hablar contigo —le dijo Tyrell a Deacon.

—Claro —dejó el informe sobre la mesa con la esperanza de que Aaron lo leyera más a fondo.

Siguió a Tyrell hasta su despacho y se sentaron.

—Has tenido tiempo para adaptarte a esto.

—Sí.

—¿Y Callie? ¿Y los niños?

—Ellos también.

—Ha pasado casi un mes y ya es hora de que se produzcan algunos cambios.

—¿Cambios en qué? —preguntó. Todos sus sentidos se pusieron en alerta.

—Margo y yo hemos hablado y queremos que os mudéis al castillo.

—Eso nunca fue parte del trato.

Y era algo que Deacon jamás se plantearía. Por un lado, Callie odiaría la idea, y por el otro, él mismo valoraba demasiado su independencia. Pero sobre todo se negaría porque no sería bueno para los niños. Quería reducir al mínimo el tiempo que pasaran con Tyrell.

—No es negociable —dijo Tyrell.

—No tenía pensando negociar contigo. La respuesta es no. No nos vamos a mudar al castillo. Además, ni siquiera sé por qué querríais tenernos aquí. Margo no soporta mirarme.

—No es culpa suya.

—No, es culpa tuya.

—Os mudaréis.

—¿Qué parte del no no entiendes?

—¿Qué parte de os mudaréis no entiendes?

–No puedes obligarnos. No puedes anular el contrato. Las acciones son mías.

–Eso es verdad, pero tengo poder para cambiar la categoría de tus acciones. Con una mayoría de dos tercios en votación puedo hacer que pasen de categoría A a categoría D, con lo que tu participación en la empresa no tendría ningún valor.

Deacon mantuvo la compostura. Se negaba a mostrarle a Tyrell cuánto lo había desconcertado la noticia.

–Os demandaría.

Tyrell se rio.

–Querido, puedes intentarlo, pero perderás. Pasarían años y las costas legales acabarían arruinándote.

Sabía que el ejército de abogados de Tyrell habría pensado en todas las estrategias posibles.

–Te he dado todo lo que querías –tenía que intentar al menos hacerle razonar.

–Quería a mis nietos.

–Y están aquí.

–No. No están aquí. Están contigo.

–Están con su madre.

–Y ella puede vivir aquí.

–No accederá.

–Ese es tu problema.

–¿Y si no puedo convencerla?

–Pues entonces cambiaré tus acciones.

Deacon se levantó.

–El auténtico bastardo de esta familia eres tú.

–¿Es eso un sí?

–Parece que no tengo elección.

Tyrell esbozó una sonrisita de satisfacción.

–Me alegra que veas las cosas a mi modo.

Capítulo Once

Callie se horrorizó al ver a su hermano en la puerta. Deacon le había prometido que no volvería y le había creído.

—No deberías estar aquí —le dijo.

De pronto se sintió sola y vulnerable. Aún faltaban horas para que Deacon volviese del trabajo.

Empezó a cerrar la puerta, pero él la bloqueó con el brazo.

—¿Qué quieres? —preguntó con voz temerosa.

—Me pagó. Me pagó bien.

Callie no sabía que Deacon lo había sobornado, aunque tampoco debería haberla sorprendido.

—Pues entonces vete. Ya te dio lo que viniste a buscar.

Trevor soltó una carcajada y abrió la puerta de golpe. Entró.

Los niños, que estaban jugando junto a las escaleras con sus coches de carreras, lo miraron.

—¿Estos son los chiquillos?

—James, llévate a Ethan al salón. Podéis ver los dibujos.

Trevor fue hacia ellos y Callie corrió a situarse entre su hermano y sus hijos.

—James, cielo, llévate a Ethan. Podéis tomaros una galleta mientras veis la tele.

—Vale, mami.

–Gracias, cariño –cuando los niños se alejaron, miró a Trevor y le preguntó–: ¿Qué quieres?

–He conocido a un tipo en el bar y es jardinero del castillo. Se está corriendo la voz sobre vuestra estafa, hermanita.

–No sé de qué me hablas. No hay ninguna estafa. Lárgate.

Trevor se le acercó más.

–¿Entonces por qué Deacon no había estado en el castillo hasta ahora? ¿Por qué nadie había pronunciado su nombre hasta que ha aparecido por allí contigo? Ahora parece el dueño de ese lugar, y es por tus hijos –añadió mirando hacia el salón.

–Son los nietos de Tyrell. No es una estafa.

–Entonces es un soborno –dijo Trevor con convicción–. Habéis sobornado al viejo y quiero participar.

La palabra «soborno» le resonó dentro de la cabeza. Los sobornos eran la herramienta de la que se servía Deacon constantemente. ¿Podría haber utilizado a los niños para abrirse camino en la familia Clarkson? Si lo había hecho, entonces de pronto todo tenía sentido.

–¿Qué estás haciendo aquí? –bramó de repente Deacon agarrando a Trevor del cuello de la camisa y sacándolo al porche.

–¡Eh, tío…!

–Estás allanando una propiedad privada –dijo y le dio con la puerta en las narices. Se giró hacia Callie–. ¿Estáis todos bien? ¿Dónde están los niños?

–¿Soy un soborno? –preguntó con voz temblorosa.

–¿Qué? –se quedó atónito.

–Trevor ha dicho que has sobornado a los Clarkson para entrar en su familia utilizándonos a los niños y a mí.

Cuando la expresión de Deacon le dijo que era cierto, dejó escapar un grito ahogado y retrocedió unos pasos. Deacon la agarró.

—Eso lo explica todo: que me encontraras, que fingieras que te gustaba, que me mintieras, que me manipularas.

—Tienes que escucharme, Callie.

—¿Qué has hecho? –susurró; tenía un nudo en la garganta.

—Tyrell vino a mí con la oferta. Me prometió que me reconocería y me daría mis derechos y me vi tentado. Lo admito, me vi tentado. Era todo lo que había deseado siempre. Todo.

—Y lo aceptaste. Lo aceptaste.

—No. Solo accedí a conocerte.

—Me mentiste, te casaste conmigo y nos trajiste aquí como si fuéramos una especie de premio.

—Por entonces creía que querías casarte conmigo, creía que tenías tus propios planes.

—Que buscaba tu dinero, ya… Ya recuerdo esa mentira también.

—Todo salió tremendamente mal.

—A ti no. A ti todo te ha ido tremendamente bien.

—Ya no.

Callie no quería seguir escuchándolo. Necesitaba hacer las maletas, marcharse de Hale Harbor con sus hijos y no volver jamás.

Deacon era un mentiroso y no volvería a verlo. ¡Nunca!

—Quiere que vivamos en el castillo. Hoy me ha dado un ultimátum. O hago que os mudéis al castillo o lo pierdo todo.

—Quieren a los niños. Están intentando robarme a mis hijos.

–Le he dicho que sí.

–¿Qué?

–Pero solo para ganar tiempo. He venido a casa a contártelo todo y a decirte que os tenéis que ir. Hoy. Ya mismo. Iba a contarte todo lo que pasó y después iba a decirte que te llevaras a los niños a Charleston y que no volvieras jamás. Hice un pacto con el diablo y me equivoqué.

–¡Sí, te equivocaste!

–La cuestión es que… intenté mantenerme distanciado de ti, pero no pude. Tardé demasiado en reconocerlo, pero me enamoré de ti.

–No puedes hacer eso, no puedes decir eso. No puedes esperar a que se haya derrumbado todo para decir eso.

–Lo sé. No puedo. Callie, siento haberte decepcionado.

Si los golpes en la puerta no hubiesen sido tan insistentes, Deacon no se habría molestado en abrir. La casa estaba angustiosamente tranquila sin Callie y los niños. Habían pasado menos de veinticuatro horas y aún no había decidido qué hacer.

Abrió la puerta y se quedó impactado al ver allí a Aaron y a Beau.

–¿Qué estáis haciendo aquí? –preguntó con brusquedad.

–Queremos hablar.

Deacon soltó una carcajada de incredulidad.

–No tenemos nada de qué hablar.

–Creo que sí –respondió Beau.

Al ver sus miradas de determinación, dio un paso atrás.

–Pasad.

Los condujo al salón y se sentaron.

–Te hemos traído algo –dijo Aaron dejando un documento sobre la mesa.

–No penséis que voy a firmar el cambio de acciones.

–No es sobre las acciones. Después de la última vez que hablamos de la integración vertical, investigué un poco.

–¿Por qué me dices esto? Estoy fuera. Los dos lo sabéis.

–Recordé algo en lo que trabajó Frederick hace seis años –dijo Aaron señalando el documento–. Está anticuado, pero contiene muchas de las ideas que tuviste tú. Incluso menciona a Transportes Mobi. Por entonces Frederick propuso que te aceptáramos en la familia.

Deacon no podía asimilar lo que estaba oyendo.

–Pero si ni siquiera me conocía.

–Sí, sabía de ti. Cuando volvió de la universidad, llegó con un sentido muy marcado de la justicia social y grandes ideas para el puerto. Las compartió con padre, pero él le dijo que era patético.

–Pero Frederick le plantó cara –continuó Beau–. Le dijo que teníamos que modernizarnos y que la familia tenía la responsabilidad de incluirte porque eras su hijo también. Papá se puso hecho un energúmeno.

Deacon estaba atónito.

–Debería haberlo apoyado –dijo Aaron.

–Los dos deberíamos haberlo apoyado –añadió Beau.

–Tenía razón en lo de modernizarnos y tenía razón en lo que dijo sobre ti.

–¿Por eso se apartó de la familia? –preguntó Deacon.

–Tenía más agallas que nosotros –señaló Beau.

–No apoyamos a Frederick y no queremos cometer el mismo error con nuestro otro hermano.

Deacon no se podía creer lo que estaba oyendo.

–Estamos contigo en esto, hermano –le dijo Beau al levantarse–. Queremos permanecer unidos.

Deacon y Aaron también se levantaron.

–Estoy fuera, ¿no os lo ha dicho Tyrell? Como me niego a mudarme al castillo, va a cambiar mis acciones.

–Callie no puede mudarse al castillo –protestó Aaron–. Miranda lleva un tiempo queriendo marcharse y yo también, así que vamos a hacerlo.

–Pues yo no pienso quedarme allí solo –añadió Beau.

–¿Y qué va a hacer el viejo? –preguntó Deacon.

–No puede hacer nada si nos mantenemos unidos.

–Me siento abrumado y halagado –dijo emocionado–. Pero, como os he dicho, es demasiado tarde.

Aaron sonrió.

–No has estado prestando atención. Tyrell necesita una mayoría de dos tercios para convertir tus acciones y no le vamos a apoyar.

–Y juntos tenemos más de dos tercios –añadió Beau.

–Estamos a favor de la integración vertical. ¿Quieres acompañarnos a decírselo a papá?

–¿Los tres juntos?

–Está de viaje, pero volverá en dos días. Creo que deberíamos hacerlo en persona. ¿Te apuntas?

–¡Le va a dar algo! –exclamó Beau sonriendo.

–¿Dónde está Callie? –preguntó de pronto Aaron mirando a su alrededor.

–Ha vuelto a Charleston.

–¿Por qué?

–No le ha gustado que la usase y mucho menos que me aprovechase de sus hijos para mi bien personal.

–Pero creía que estabais… –dijo Aaron confuso.

–No tanto –respondió Deacon intentando ocultar su dolor.

–Tío, voy a echar de menos a esos canijos –se lamentó Beau.

Deacon también los echaba mucho de menos, tanto que apenas podía respirar. Y a Callie…

Se alegraba de tener a sus hermanos y de que le hubiesen reconocido como hijo legítimo, pero nada de eso compensaba haberla perdido. Había cometido un error tras otro. Le había hecho mucho daño a Callie y se merecía el sufrimiento que estaba viviendo.

Estar de vuelta en la pastelería le parecía surrealista. En cierto modo, los dos últimos meses le parecían un sueño… un sueño sobrecogedor, desconcertante y desgarrador.

Donde antes había estado su corazón ahora había un vacío, pero por lo demás, todo era normal. Parecía la misma, hablaba igual, actuaba igual, y el mundo a su alrededor no había cambiado.

Hannah le dio un suave codazo y Callie se dio cuenta de que estaba en el mostrador, mirando al infinito, mientras un cliente esperaba a que lo atendiese.

–¿Nancy? –dijo Hannah señalando al cliente.

Nancy se dispuso a atenderlo.

–Tenemos que hablar –le dijo a Callie mientras emplataba dos *cupcakes* de vainilla enormes–. Sígueme –la condujo hasta una mesa en una esquina, le dio un tenedor y le puso delante uno de los *cupcakes*.

–Hacía mucho tiempo que no me tomaba uno de estos.

–Hacía mucho tiempo que no estabas tan hundida.

–No estoy hundida –dijo haciéndose la valiente.

Solo llevaba tres días sin Deacon, pero le parecía un año. Había perdido la cuenta de las veces que James y Ethan habían preguntado por él.

–¿Qué ha pasado de verdad?

A Callie se le llenaron los ojos de lágrimas y cubrió sus emociones con un bocado de *cupcake*.

Hannah esperó.

–Fue un error.

–Nunca es un error enamorarse.

–Sí lo es si te enamoras del hombre equivocado.

–Deacon era el hombre perfecto. No era Hank, no era…

–Era peor que Hank.

Dejó de comer. Su estómago no podía soportarlo.

–Fue todo una treta, Hannah. El padre biológico de Deacon, el multimillonario Tyrell Clarkson, también era el padre de Frederick.

Hannah soltó el tenedor lentamente.

–Frederick era hijo legítimo, pero Deacon no. Y como odiaba a su padre, nunca me habló de su familia… de lo cual me alegro. Tomó la decisión adecuada al mantenernos alejados de ellos. Ojalá no los hubiera conocido nunca. Pero entonces Tyrell le prometió a Deacon una parte de la fortuna de la familia si me llevaba a Hale Harbor.

–¿Cómo de grande es esa parte? ¿Millones?

–Cientos de millones. Supongo que está bien saber que valgo tanto –dijo Callie con una carcajada nerviosa–. Aunque no fue tanto por mí como por los niños, los únicos nietos de Tyrell.

–¡Oh, Callie! ¿Deacon fingió estar enamorado de ti?

Callie asintió con gran pesar.

–Lo siento muchísimo.

–Me dijo que no me quería y al final, cuando todo se estaba desmoronando, lo usó como táctica.

–No lo entiendo.

–Cuando Deacon no logró que nos mudáramos al castillo, Tyrell amenazó con quitarle su parte de la empresa, y justo en ese momento me dijo que me quería –chasqueó los dedos en el aire–. Así, de pronto, se había enamorado de mí.

–¿Al castillo?

–Los Clarkson viven en un castillo de verdad. Deberías haberlo visto. Yo jamás podría vivir ahí.

Mientras hablaba, su mente viajó hasta aquella noche que había pasado en el castillo en los brazos de Deacon, haciendo el amor con él de aquel modo tan dulce y sexi a la vez. Recordó sus conversaciones entre susurros, las risas, su calidez, su aroma, su sabor… Durante aquellas breves horas pensó que lo suyo iba a funcionar, pensó que podrían tener una vida juntos.

–Entonces admitió que no te quería pero luego dijo que sí –apuntó Hannah interrumpiendo sus recuerdos.

–Pero solo para intentar llevarme al castillo.

–¿Así que intentó convencerte para que te mudaras al castillo?

–No. Me dijo que me llevara a los niños a Charleston y que no volviera jamás.

–¿Y eso lo dijo antes o después de decirte que te quería?

–Antes. Fue antes.

–Así que ya había renunciado al dinero.

–No. Aún tenía la opción de lograr hacerme cambiar de opinión.

–Lo cual no hizo, porque has dicho que ni siquiera lo intentó.

–Ni siquiera se molestó porque sabía que no serviría de nada.

–Eso no es lo que estoy oyendo.

–¿Y qué estás oyendo?

–Estoy oyendo que renunció a cientos de millones, te dijo que volvieras a Charleston y después de todo eso te dijo que te quería.

–Y si yo me hubiese confiado, eso le habría ayudado a convencerme de que me mudara al castillo.

–Tal vez –dijo Hannah no muy convencida–. No sabes lo que podría haber pasado –añadió mientras se terminaba el *cupcake*–. Venga, sigue comiendo.

–Sé lo que sí pasó.

–Come –insistió Hannah.

Callie dio un bocado.

–Cuando te termines el *cupcake*, quiero que te plantees que si un hombre renuncia a cientos de millones por tu bienestar y después te dice que te quiere, puede que de verdad…

Ella no se podía permitir otra fantasía así, otra decepción.

–Te quiera –terminó Hannah.

Callie dio otro bocado y otro, y otro más, hasta que lo terminó.

–¿Y bien? –le preguntó entonces Hannah.

–No puedo volver. No me puedo crear esperanzas… –deseaba desesperadamente crearse esperanzas, pero sabía que había demasiado en juego. Su corazón no sobreviviría si se lo volvían a romper.

–Pues entonces no vuelvas. Llámalo. Escríbele.

–¿Para decirle qué?

–Lo que sea. Escríbele: «¿Qué tal? ¿Dónde estás? ¿Qué haces?». Solo necesitas romper el hielo.

–No pienso hacerlo.

–Pues entonces escríbele: «¿Podemos hablar?». Si no me equivoco, vendrá en el primer avión que encuentre. Si me equivoco, te lanzará alguna evasiva y entonces sabrás con seguridad qué pretende en realidad.

–No tendría que esperar a encontrar un avión. Alquilaría uno privado –respondió Callie sin poder creerse que se estuviese planteando la posibilidad.

Tyrell entró en la sala de juntas con expresión sombría.

–¿Qué es esto? –les preguntó a los tres.

A Deacon le llegó un mensaje.

–Tenemos algo que comunicarte –dijo Aaron.

Miró el móvil y se le paró el corazón al ver el nombre de Callie. Todo en la sala pareció esfumarse. «¿Podemos hablar?». Sí, claro que podían hablar. ¡Por supuesto que sí! Se levantó.

–Me tengo que ir.

–¿Qué? –preguntó Beau.

–Luego… –dijo yendo hacia la puerta–. Luego hablamos. Me tengo que ir.

Salió corriendo sin importarle qué pasaría en la sala de juntas y mientras avanzaba escribió: «Voy para allá. ¿Dónde estás?».

Se metió en el coche y dejó el teléfono en el asiento del copiloto. Al parar en un semáforo, lo agarró y justo en ese momento le entró un mensaje: «De camino a casa».

Miró el semáforo, que seguía en rojo, y escribió: «Estaré allí en aproximadamente una hora». Activó el manos libres y contactó con una empresa de vueltos chárter. ¡Bien! Tenían un avión con disponibilidad inmediata.

Una hora después, estaba en la puerta de Callie.

Cuando ella abrió, tuvo que contener las ganas de abrazarla.

—¿Va todo bien? —preguntó. Por muchas vueltas que le había dado durante el vuelo, lo cierto era que no sabía por qué lo había llamado.

—Has venido.

—Claro que he venido. ¿Es por los niños?

—Están bien. Todos estamos bien. Bueno, a lo mejor no tan bien. Pasa.

Entró y se sintió como en casa, en paz.

—No puedo vivir en el castillo.

—Yo jamás te pediría que vivieras en el castillo.

—Sé que es mucho dinero.

—El dinero no me importa. Me importas tú. Me importan los niños.

—Dijiste que me querías.

—Y te quiero.

—¿Qué tengo que hace que me quieras?

—Todo —sin pensarlo, se acercó a ella.

—¿No te habrás convencido de que tienes que quererme, verdad? Ya sabes, por los beneficios potenciales que puede suponer quererme.

Él sonrió.

—No me he convencido de nada, aunque después de que te marcharas sí que me habría convencido para dejar de quererte si hubiera podido. Lo habría hecho por mi bien, para no volverme loco.

—No lo he entendido del todo, pero voy a dar por hecho que es algo bueno.

–Es bueno –él cedió al deseo de tocarla y le acarició la cara–. Te quiero, Callie. Te quiero más que a nada en el mundo.

–Renunciarías al dinero, a cientos de millones de dólares. Tienes que elegir.

–Os elijo a James, a Ethan y a ti por encima de todo.

–Bien. Saldremos adelante. Tenemos la pastelería.

–Entonces…, ¿vamos a hacerlo? ¿Es real?

–Te quiero –dijo Callie.

Deacon sonrió, rebosante de felicidad.

–Gracias a Dios.

La besó.

–¡Papá! –gritó Ethan emocionado.

–¡Papá! –añadió James.

Ethan estaba abrazado a su pierna y James lo rodeaba por la cintura. Él besó a Callie otra vez y se agachó para abrazar a los niños.

–Vamos en pack –dijo Callie riéndose.

–Y es el mejor del mundo –respondió Deacon.

–Papi, ven a ver el castillo nuevo. Tiene un foso. Mamá nos ha dicho que lo teníamos que construir en la cocina –dijo James mientras Ethan le tiraba de la mano.

Después de admirar la creación de los niños durante varios minutos, se apoyó en la encimera junto a Callie. Le agarró la mano, le acarició la mejilla y la besó.

–Tengo que contarte algo.

–¿Me va a disgustar?

–No lo sé. Es sobre el dinero y los Clarkson. Aaron y Beau quieren que seamos hermanos de verdad.

–¿Y tú quieres?

–Sí –y él mismo estaba sorprendido de cuánto lo quería.

Callie lo abrazó.

–Pues entonces me parece maravilloso.

–Pero hay más. Quieren que formemos equipo para dirigir Hale Harbor Port. Han bloqueado el plan de Tyrell de echarme de la empresa.

–¿Y el dinero?

–Sigue siendo mío. Nuestro. Tenemos la parte de Frederick de la empresa y algún día será de James y de Ethan –contuvo el aliento, temeroso de que ella se enfadara.

No parecía muy contenta, aunque tampoco enfadada.

–¿No te importa que seamos ricos y estemos relacionados con los Clarkson? Te prometo que no tendrás que preocuparte ni por Tyrell ni por Margo. Cualquier relación que establezcamos con ellos se basará en tus condiciones.

–De todos modos, siempre íbamos a tener que estar relacionados con ellos –dijo resignada.

–Ahora que estamos los tres hermanos juntos, Tyrell no podrá volver a intimidar a nadie.

–No le tengo miedo a Tyrell. Ya no tengo miedo a los hombres que intentan intimidarme.

–Bien.

–Te los enviaré a ti… para que los sobornes –dijo riéndose.

–Eso ha sido un golpe bajo.

–Confío plenamente en que nos protegerás.

–Siempre lo haré –dijo Deacon con una profunda y enorme satisfacción–. Tengo una familia –susurró fascinado–. Una familia de verdad y maravillosa. Y os quiero a todos muchísimo.

–Nosotros también te queremos a ti, Deacon. Los tres te queremos.

Acepte 2 de nuestras mejores novelas de amor GRATIS

¡Y reciba un regalo sorpresa!

Oferta especial de tiempo limitado

Rellene el cupón y envíelo a
Harlequin Reader Service®
3010 Walden Ave.
P.O. Box 1867
Buffalo, N.Y. 14240-1867

¡Si! Por favor, envíenme 2 novelas de amor de Harlequin (1 Bianca® y 1 Deseo®) gratis, más el regalo sorpresa. Luego remítanme 4 novelas nuevas todos los meses, las cuales recibiré mucho antes de que aparezcan en librerías, y factúrenme al bajo precio de $3,24 cada una, más $0,25 por envío e impuesto de ventas, si corresponde*. Este es el precio total, y es un ahorro de casi el 20% sobre el precio de portada. !Una oferta excelente! Entiendo que el hecho de aceptar estos libros y el regalo no me obliga en forma alguna a la compra de libros adicionales. Y también que puedo devolver cualquier envío y cancelar en cualquier momento. Aún si decido no comprar ningún otro libro de Harlequin, los 2 libros gratis y el regalo sorpresa son míos para siempre.

416 LBN DU7N

Nombre y apellido	(Por favor, letra de molde)
Dirección	Apartamento No.
Ciudad	Estado Zona postal

Esta oferta se limita a un pedido por hogar y no está disponible para los subscriptores actuales de Deseo® y Bianca®.
*Los términos y precios quedan sujetos a cambios sin aviso previo.
Impuestos de ventas aplican en N.Y.

SPN-03   ©2003 Harlequin Enterprises Limited

DESEO

Su voz le resultaba familiar, envolvente, sexy.
Pero no podía ser el hombre que amaba
porque Matt Harper había muerto.

El recuerdo de una pasión

KIMBERLEY TROUTTE

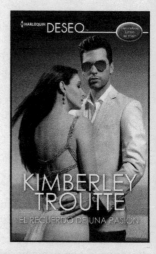

Julia Espinoza se había enamorado de Matt Harper a pesar de su reputación de pirata y del abismo social que los separaba. Pero había acabado rompiéndole el corazón. Había conseguido rehacer su vida sin él hasta que apareció un extraño con su mismo aspecto y comportamiento. Después de una aventura de una noche en la que la verdad había quedado al descubierto, la única posibilidad de tener una segunda oportunidad era asumiendo todo lo que los dividía.